COSACNAIFY

ALMEIDA
FARIA

PREFÁCIO 6

A PAIXÃO

PREFÁCIO À EDIÇÃO BRASILEIRA

A nossa dúvida é a nossa paixão,
e a nossa paixão é a nossa tarefa.
HENRY JAMES

Henry James terá sido um dos autoprefaciadores mais notáveis de sempre. Para a *New York Edition* das *Obras completas* foi contando, em dezoito longos prefácios, o surgir e o devir das suas admiráveis ficções. Faltam-me infelizmente a paciência, o pendor analítico e os dons memorialísticos de James. Sinto-me mais próximo dos lacónicos prólogos de Machado de Assis: duas páginas na quarta edição das *Memórias póstumas de Brás Cubas*; três magros quartos de página na terceira edição de *Quincas Borba*; e menos que meia página na brevíssima "advertência" ao *Memorial de Aires*.

Sobre as circunstâncias que acompanharam a escrita d'*A paixão*, recordo apenas a lentidão do tempo naquele tempo, o ar pesado no país sufocado, a soturna ditadura interminável, os dias que duravam anos, os anos iguais há séculos. Por tudo isso, a primeira parte deste livro é um andante sonâmbulo, sofrido e secretamente subversivo, movido pelo peso dos pesadelos, pela lembrança e pelo desejo de melhores tempos. O despertar das personagens e os seus passos matinais até ao meio-dia daquele dia ocupam quase metade do livro. No segundo andamento, a desordem do mundo com seus perigos ocultos, a claustrofobia da casa e a violência vinda do exterior assustam criados e patrões, crianças, adolescentes e adultos. Enfim, o terceiro andamento é um regresso às trevas que de novo envolvem tudo sem trazerem o consolo do sono. Um vento de desassossego varre a vila e a noite.

Manuscrevi a maior parte d'*A paixão* em aulas de Direito, fingindo tirar apontamentos enquanto os ensinantes, quase todos ex-ministros ou futuros ministros do Ditador, repetiam em voz alta a monotonia das suas "sebentas" e manuais. Durante as férias de verão, na despensa com janelas gradeadas de casa de meus pais, entre garrafas, alguidares e potes de barro cheios de azeitonas *talhadas* e temperadas em azeite, poejo e sal desde o inverno anterior, bati possesso à máquina os meus confusos gatafunhos. Avançando devagar no convívio com as minhas personagens, julgava ir conhecendo melhor, hora após hora, as suas alegrias, medos e labirínticas melancolias. Não previ que, uma vez criadas e apesar de imaginárias, passassem a dialogar comigo, persistentes, implacáveis, inseparáveis de mim, tão reais como as pessoas reais.

Se certas ficções alheias se tornam para nós "presenças reais", é natural que ainda mais real seja a nossa ligação às ficções por nós inventadas. À medida que me aproximava dos últimos capítulos crescia a minha pena de me despedir daquela gente. Decidi então avançar para uma Trilogia, concentrando o segundo romance (que viria a ser *Cortes*) num sábado de aleluia, e o terceiro em redor de um simbólico domingo de Páscoa. Acreditava que a revolução-ressurreição viria mais cedo. Fui entretanto apanhado pelo serviço militar que, por causa da guerra colonial, me roubou três anos e três meses, os mais estúpidos da minha vida. A tal "ressurreição" chegou só em mil novecentos e setenta e quatro.

Pouco depois de publicar *Lusitânia*, terceiro painel da trilogia inicial, falando eu na Universidade Federal do Rio de Janeiro, uma estudante protestou que a saga chegasse ao fim sem quando ela visse como é que algumas das figuras, sobretudo as femininas, agiriam nos meses mais "quentes" da Revolução de Abril. O entusiasmo de uma estudante de quem nem sei o nome pode ter sido o rastilho e o alibi que me faltava para que aquelas personagens e eu continuássemos juntos num quarto e último romance. Assim nasceu *Cavaleiro andante*.

Não faltaram no Brasil outros leitores interessados nos romances desta saga. Raduan Nassar foi um deles, o que muito me honrou. Num excesso de generosidade, escreveu que, "ao ler *A paixão* no início dos anos 70, entrei em imediata comunhão com essa obra-prima, a ponto de colar ao *Lavoura arcaica*, sem qualquer pudor, certas imagens e metáforas daquele poema em prosa".

Feliz o autor que tem leitores destes! Tanto mais que, como Raduan Nassar, sou daqueles que não gostam de se mostrar. Sigo há muito, e com prazer, o meu velho lema: *Il faut se cacher*. Ou, nas sintéticas palavras de um jovem poeta português: "Escritor calado é escritor sensato".

Lisboa, 2014

A PAIXÃO

MANHÃ

1 PIEDADE

De madrugada ainda levantar-se, descer para a cozinha e enregar o trabalho reacendendo lume no fogão, lavar a louça que ficou da véspera, com sobejos de comida, em monte sobre a pia (durante o inverno a água gela, corta os ossos da gente, faz doer às vezes até pelo braço acima – deve ser reumático – mesmo ao cotovelo) e só depois sair para o quintal em que os pardais já cantam sobre o carrapateiro, filhar da vassoura e, com ela, varrer a capoeira e aos bichos dar farelos e mais reção avondo (de manhã as capoeiras têm sempre um certo cheiro azedo como alguns quartos de homem) e também ao pintassilgo mudar a água para beber, pôr a tina do banho, dar-lhe ou alpista ou uma folha de alface, ou atão ambas, retirar o papel que, ao fundo da gaiola, se enche de cagadelas dia a dia e de casca de alpista, voltar depois ao quarto, lá em cima, a fim de pentear-se, pintar-se se ele a espera, pôr arrelicas e aparelhar-se do casaco comprido, cinzento e desbotado de dez anos, meter a carteira na algibeira, descer de novo a escada em caracol para a cozinha, botar a água ao lume já pegado, pegar na alcofa dentre cestos e cabanejos, bilhas, tarefas, potes grandes de azeite ou azeitona e alguidares com todos os tamanhos, vermelhos e vidrados, largos para a matança e para o sangue, tachos de cobre, fulvos, em pé contra a parede de fumo nunca escura, branca, branca, caiada e mais caiada, em seguida descer segunda vez os degraus do quintal, abrir o pesado portão fechado à chave, soltar os cães esquentados da noite para a rua, ir pela rua velha e árida à derêtura caminho da praça do mercado, comprar o que de véspera a senhora, a cuja obediência ela está, com letra grossa na lista de papel pardo assentara: carne de vaca ou vitela para bifes, hortaliça, pescados o que houver etc., o costume, comprar sem muito ou sequer nada refilar, porque não vale a pena, não lhe pagam palavras (trabalho tão-somente),meter dois dedos de paleio com esta e com aquela, mais apaniguadas, com o conversado se o tem pela altura (nos dois últimos anos teve vários, a frescura já foge) ou com outro algum pretendente que por acaso apareça a cheirá-la, cheira-lhe a carne forte, mamas fortes, voltar ao fim de meia hora, o máximo uma hora para casa, pousa as compras no poial de mármore, o peixe, as couves, o lacão, os alhos, ferver o leite e entrementes fazer torradas para os meninos (no tempo das laranjas espremer aí uma dúzia delas – os meninos são cinco), preparar o caldo de maizena e vianda de leite, e os flocos de aveia, migar o pão pràs sopas dos mais novos, esfregar o chão de pedra da cozinha e a mesa da cozinha, antes de pôr a toalha aos quadrados azuis para o pequeno-almoço, tirar o grão e o bacalhau que ficaram de molho desde a véspera ou ir ao quintal uma vez mais, no qual agora o gato, estático, silencioso e muito atento, caça infrutiferamente borboletas, ir de faca em punho e debaixo do braço o alguidar (é preciso sempre ter cuidado, não bater com ele no corrimão da escada, assim partiu dois que teve de pagar e uma porrada de massa lhe custaram e este está rachado, talvez da água quente, com dois gatos grandes ali ao pé da borda), voltar com a galinha morta ou ferida de morte dentro do alguidar, a cabeça entre as asas como um sono, deitar-lhe água a ferver, tirar do lume o leite, o caldo de maizena, guardar a louça que quase já secou, servir o desjejum aos meninos que gritam, depois de no quintal terem jogado um bocado ao botão, ao berlinde, à pancada, ao pião, conforme a época do ano, ficando com feridas negras ou feridas de sangue nos joelhos, ou atão depois de serralha ao grilo cantarrista terem dado, se em tempo deles é, que quer tanto dizer como na primavera, e quando finalmente eles se vão, meter mais louça suja na pia da lavagem, depenar a galinha, pô-la ao lume porque às vezes é dura, sentar-se enfim no banco de pedra ao canto da janela de guilhotina aberta, mastigando uma bucha de pão com queijo ou chouriço ou farinheira ou banha (o que houver) e entre os dedos húmidos um púcaro de lata com café de soja e com isto tudo hão de ser dez horas e o estômago a dar-lhe horas desde as seis, por isso anda largando o osso nesta bruta labuta todo o santo dia que inda vai no começo mas que um dia, espera, talvez quando casar, ou talvez não, há de acabar; batem as sete; tem os olhos cerrados e, cansadamente, reconstitui os gestos gastos a fazer; o dia que se segue é-lhe memória negra; assim o percorreu, envolta em trevas, por semanas santas que duraram séculos e agora sabe apenas que no quarto existe alguma pouca claridade; entra pela fresta da janela o frio do sol nascendo; não há sombra de dúvida, isto tem de acabar; horas de pôr-se a pé; horas de início, horas de começar; são mais que horas.

2 JOÃO CARLOS

São mais que horas, pensou ele, acordando; está já muito calor e hoje é o dia; na vila haverá vozes, altas e lamentosas, dos animais que morrem; imolarei também; ele é, o nosso cordeiro, como as palavras mandam; sem mancha, macho, dum ano; agora vou matá-lo, dentro da madrugada; num golpe brusco, grave, lhe abrirei a garganta, com a faca que gargantas abriu já antes desta, que a sóis duros brilhou iguais ao de hoje, que outrora se cobriu do mesmo sangue; depois caminharei para os canaviais que se vergam ao vento e com a faca tinta do sangue cortarei um tubo na própria cana verde e nele aplicarei os lábios e sentindo o aroma fresco e leve insuflarei a pele do carneiro e ela se encherá e o esfolarei e o tomarei pela cauda e cornos tenros e de uma árvore o hei de pendurar pelos dedos e ele dará às folhas o último arrepio e lhe descerrarei o ventre desde a base do queixo até ao escroto e amoravelmente meterei as mãos no interior das vísceras e um calor antigo me subirá dos braços para a boca e a boca saberá o cheiro do sangue e as tripas rolarão para a terra em que o sangue começa a empapar e esfolado o borrego a cabeça é uma mancha roxa de mandíbulas longas e feito este trabalho cortarei um pedaço da carne do lado e sobre as brasas prepararei a carne, com pães ázimos e silvestres alfaces festejaremos a preparação da páscoa e após termos comido lavaremos as mãos nas águas da ribeira e juntos partiremos pela planície; será na primavera; no princípio de tudo; o sol cairá a pique sobre nossas cabeças quando enfim alcançarmos as portas da cidade; são coisas de direito divino, coisas santas, os muros e portas da cidade.

3 ARMINDA

Às portas da cidade os dois parámos; como dizer se em volta havia ar ou vento? depressa surgiram os outros agressivos; juntaram-se à nossa roda; criaram o ciúme; as faces eram máscaras más, caras de feroz mudez; o silêncio que deles ressumava corrompia o tempo; o ventre e os seios sentia consciente; os outros riam ou uivavam quando o pai chegou e disse que era assim, que podíamos partir, que estávamos curados; eles permaneceram no pavilhão sem fim, mais furiosos, um respirar de morte os assolava; a morte morde; à voz do pai apenas pressentida, os corpos agitados dois a dois uniram-se junto à conjugada conjuração dos astros; eis que, contudo, num esgar dorido, braços e pernas erguiam para o vácuo e a sua união deles era tão fugaz que nem sequer chegava para sê-lo; a voz do pai distava, ditava; na mesa os pratos vacilaram; rei e rainha no mar da inconsciência se abraçavam; uma imagem deles porém não conseguida; os pares repetiam o seu rito fatal; a esperança de um dia; carros que passavam à luz de candeeiros tinham um fogo branco nos ruídos; as sombras dispersaram sobre o deserto frio; deserto frio; frio:

– hã, ah és tu, João Carlos; obrigada por me teres chamado; que sonho sinistro tive.

4 MÃE

Que sonho sinistro; assim como Arminda, a mãe está irritada desde que despertou, e se recorda; visto da cama, em que o marido dorme, o teto é alto, branco, as paredes azuis, de um azul forte nobre, aquecem-lhe o silêncio, as três janelas dão para o desterro da rua, com barrancos e bosta, com sinos e o grito, muito agudo e cortante, quente, perto, do comboio sem pressa e do seu fumo lento que atravessa montes e montados; o teto é alto, a cama é muito larga, chega para dois corpos destinados à morte, tem relevos de fogo, patas de águia fincadas, o sobrecéu ausente para destruir o medo; há muito o sol raiou, por dentro, a solidão da terra, a podre e estéril e fecunda, a porca, o mal amaldiçoado até ao fim; este é o quarto no interior do qual a vida se me decidiu; ao canto do oratório com um cheiro chocho a velho, onde o ouro dos anjos e dos santos e das flores estilizadas sem graça brilhou ao fundo de dentro da penumbra, repousa um frasco de remédio de qualquer morto antigo já esquecido; ele repousa, o morto, outro, em qualquer cama de qualquer quarto de qualquer casa outra, repousa frio e longo, fino e grave como todos os mortos, sob o selo de cera da sua face morta, ele repousa, ei-lo, na mesma cama em que, noite de núpcias sempre nova, os amantes se abraçam, ternos e furiosos, com receio e espanto se descobrem, na primavera, entre os lençóis bordados, largos (no chão de lustro escuro amontoam-se as roupas e o vestido de noiva, como de bailarina, mítico e cheio de espuma, seios, sobre o tapete fofo meio gasto, azul e encarnado, desenhado no qual, em solenes noites cravejadas de estrelas e do crescente agudo como um sabre, um sexo, um alfange cortando os inimigos, em cima dum cavalo célere e de focinho estreito, o árabe galopa com a mulher nos braços e as palmeiras bravas longamente espalmam palmas, estalam, de longe, da mesquita e palácio), na mesma cama em que suaram dores de parto e seres roxos nasceram, e abortos e, até ao horizonte grande, fundo, para além dos telhados secos, pardos, dos muros cegos, brancos, da torre da igreja fina e estreita, em curvas suaves e volutas e aletas, uma pequena cruz de ferro ao cimo, um para-raios, sem cor contra o azul um tanto encarniçado, para além das coisas e dos corpos, das faces que impressionam, abalam, intimidam, comovem depois de, por muito tempo antes em desatenção e pressa olhadas, agora desvendadas, em seu mistério surdo e carga de sentidos, para além da taberna diante, de janelas baixas, gradeadas, cheias de sons e duma luz intensa, natural, dispersa, à qual se juntam vozes de homens de quando em vez gritadas e o ruído arrastado, repetido e áspero das malhas férreas que raspam pelo chão até baterem, certeiras, na madeira ou no fito, para além, até ao horizonte longe, vermelho como se a vila ardesse em silhueta, em leque, em arco, amarelo, verde e ocre, azul, ao alto, nascente de miragens, puro pesadelo, mar com ilhas estreitas, alongadas, cor de sombra e de carne, mar de vidro, aquário nítido, próximo, percorrido de vento e, até ao horizonte calmo curvo porto de abrigo, uma baía, apesar de todos os tormentos e martírios, apesar da guerra e fome e peste, a vida viu, uma vez mais, surgir a nua luz do dia; esta é a casa em que desperto; esta a hora; a casa está em ruína, as paredes desfazem-se; casa antiga; entra-se; a escada hoje apenas sombra; depois do primeiro andar segue em vertigem por aí acima povoada dos passos das gerações passadas; tudo ausente derradeira derrota; a comprida sacada sob o frontão triangular abre-se para a planície no além do largo; dentro da sala do candelabro, dos quadros e do espelho, o frio dos móveis arrepiou a vida; um vento duro estremece as vidraças durante o dia todo assustadoramente; odeio o vento; nesta sala eles viveram, jovens de cabelos brilhantes longos densos, raparigas de pequenos peitos e de triste olhar, quase velho, mordendo a sua noite e caminhando lentas e caladas pelos corredores, cozinhas, caves, despensas em que se falava a língua do terror; mais tarde a da revolta; criadas querendo e temendo os patrões impudentes; no escritório de baixo, apainelado, vi pela primeira vez uma nódoa de sangue; ali esteve a doida, gradeada em ódio, às escuras para não convidar os homens que na rua passavam, tantos anos seguidos que, por fim, ninguém dela falava; jamais gritou; haviam-lhe cortado as cordas da garganta; lembro-me do dia em que morreu; tinha eu sete anos; era por certo já maior que ela, tão mirrada, tão escura, tão nojenta; vieram acordar-me numa manhã como esta, abriram só a fisga da janela e disseram: a tiavó morreu; qual tiavó? a louca; neste seu só nome vinha o desprezo e o alívio; vestiram-me de preto igual a ela, como duas irmãs; tinha o cabelo escuro semelhante ao meu; chegou gente de fora, entravam e saíam, falavam em segredo; fui obrigada a dar a volta à sala para que as senhoras me beijassem e me fizessem festas; na casa da entrada a mesa coberta com pano negro e folhas de papel e cartões de visita, cheios de letras; um pobre deixou dinheiro na bandeja, costumavam fazer isso entre eles; eram amigos nessa altura e todos os criados da lavoura foram à tarde no enterro; hoje as coisas mudaram; não sei se a rapariga já voltou da praça; tenho de ir à cozinha ver como as coisas correm.

5 ANDRÉ

Como as coisas correm; calmas correm; tanto quanto sei a génese do dia, eu estava ali num mundo hostil e morno e as paredes duma brancura alva cegavam como sóis nos olhos sempre abertos; movimentos lentos, o suor cansado; um peso entrando pela raiz dos cabelos sobre a testa franzida, sobre os lábios; de repente um vento gelado por não sei onde entrando, despenteando a calma, abrindo ambas as abas do casaco como asas, enfunando as costas até fazer corcunda; o carro parara num plano inclinado de quase oitenta graus, sem que eu o desligasse embora cheio de sono; tudo me estava ocluso dentro do mundo à roda, a estrada multiplicava-se em grandes vagas de lume sob o sol; travão de pé no fundo e embraiagem; recordo o acordo para meter a primeira, porém puxei com força a alavanca do travão de mão; seguro o automóvel, motor em andamento, teria tempo de fechar por um minuto os olhos; mas eles vieram e tudo foi inútil; eis que ali estavam, em relevo, Jacob e o Anjo sobre a parede clara, provocantes sorrindo como répteis verdes vermes gordurosos em seu visco atraente; abri os olhos ácidos quando as paredes se moveram, imanizadas se soldaram em cima sob o céu e, compasso opaco, iniciaram mais venenosas e suaves o encontro dos braços; urgente partir, subir a estrada-onda, caminhar para a vida do lado de lá da lomba, ultrapassar a curva que não sei se existia; atirei o pé ao travão e fui tirando a embraiagem até sentir o som diferente; ouvido este, destravei e parti a toda a força dos motores; receei não ter tempo e dei uma patada na embraiagem para engrenar a segunda; os muros aproximavam-se depressa; impossível alcançar o cimo; na parede, porém, eles permaneciam e ambos morreriam de seguida, mas eu queria vê-los e viver, queria realizar o impossível, só descendo a ladeira íngreme; o pé na embraiagem, meti marchatrás; o carro deu um salto, precipitou-se para trás; os cabelos do Anjo em luta com Jacob acenavam no vácuo, o carro despenhava-se, arranhava as paredes, estilhaçavam-se os vidros e eu não via o espelho, por fim e lentamente o carro mergulhou num baque sereno, com bolhas a saírem do motor e dos bancos e da boca de espanto, nas águas profundas lodosas do lago sob a montanha alta; no meio da noite, no seu grande regaço, foi então recolhido um automóvel; da banda do volante a porta aberta, com os faróis e farolins acesos; próximo, o corpo de um adolescente em decúbito deitado como quem adormece; faltam-lhe os dois sapatos e na perna de cima, ou seja, a esquerda, entre a meia e a dobra das calças, tem uma larga lasca de lata enterrada; em lado algum do corpo se vê sangue senão talvez na boca, derramando-se sobre as algas móveis; pela paz e delicadeza do seu sono, o corpo do jovem não apavora os peixes; estamos na primavera dos peixes; em abril ou março; dele a face foi envelhecida para uma era de cera; os braços junto ao peito; por cima, água metálica, riscos verdes; o grande peso no mar das quase manhãs fechadas; as nuvens pardas do sono; um silêncio só frio e aguçado; olhos abertos de futuro são repasto dos peixes; sobre as águas uiva um cão branco, cego, coxo; no fundo um carro desventrado; os farolins do céu duros como facas; as estrelas, buracos por onde passa a luz do outro lado; estrelas rodarão e o tempo mudará; na cidade, prédios dentados, as árvores dos parques pegadas à noite e o mistério das ruas inclinadas; elétricos passando certos cheios de pressa e as pessoas neles transportando em alforges de trabalho a sua morte; a morte deles vai arrumada e espera; é disso que eles falam; de suas mortes breves; o seu seguro modo de ir morrendo; um dia vem a morte, leva um deles e pronto; depois leva o vizinho e pronto; assim sempre; as ervas serão rasas e não aterradoras; indecisão e dor; eis que alguém sente, subindo pelas veias devagar, a força urgente de um touro novo; André dorme; o sono não é fácil mas é sono; tenta acordar; faz um pequeno esforço; não consegue; adormece; vem o sono e o sonho; os monstros ancestrais não dormem.

6 FRANCISCO

Não dormem aqueles a quem devo o que sou; meu avô arranjou a fortuna que tenho e que não aumentei, pelo contrário; devia pôr de parte tudo que não dá lucro, foi o que ele me disse pouco antes de morrer, e não tive tempo nem força para isso; velho, tinhas razão; eu te procuro nos indecisos edifícios de névoa da memória e de ti o que encontro é só silêncio, um silêncio que nem respira e que de quando em vez por entre o árduo fôlego consente umas palavras antigas e serenas, de quem usou a vida a saber a verdade, talvez tão-só a sombra da verdade, mas uma sombra verdadeira, não ilusória como a de quase todos nós, teus descendentes; escuto tua voz vaga entrecortada de asma e a tua saudade dum mundo que morreu acende mal e brevemente, vem-me a tua ilusão de procurar um firme estádio neste mundo quando tudo mudou e vai ficar para quem? quando aqueles sete mil hectares de terra campa e virgem, de estevas e sargaço e rosmaninho do tamanho de homem ou maior ainda, com séculos de crescimento, com pernadas da grossura de pernas, de um velho e cretino marquês ou conde, foram leiloados e uma família inteira se juntara para os comprar oferecendo de cada vez dez patacos (isto antes de mil e novecentos) e a oferta ia já heroicamente em vinte e cinco contos, tu vieste com a tua prosápia e o teu dinheiro e ofereceste simplesmente, sem levantar o braço, numa voz grave, fácil e definitiva lá do fundo da sala, para onde todos se voltaram, gratos, estarrecidos, vinte e oito contos e todos se cerraram num murmúrio e as terras foram tuas por quatro escudos o hectare e depois os ganhões fizeram a escalva, os seareiros vieram arrendar terra limpa, os imensos montados e azinhas e olivais surgiram, tu viste palpável toda a tua ambição, por isso foste forte até bem velho e de repente, a subir uma escada nesse teu passo firme, tiveste uma tontura e um desmaio e, por um raivoso desconsolo no olhar, quando palavras te faltavam, vi que ias morrer, que morrias depressa, arrogante, sem dar parte de fraco, e tuas vaidades e apetites do mundo, cavalos e amantes, tudo passou, velho, já não volta e não valeu a pena, agora a fortuna vai desmoronar-se e de ti, velho, vai ficar a memória de teres arranjado uma grande fortuna para nada, por isso agora que deixaste esta pocilga te recordo e o teu destino e morte me comovem, a mim, teu neto predileto.

– Francisco, estás acordado?

– estou, mais ou menos, mais que menos

– tenho de ir à cozinha ver como as coisas correm e acordar os pequenos.

7 JÓ

Os pequenos ocupam o grande quarto ao fundo, Jó à direita, junto à porta, e Tiago, o mais novo, ao pé da janela esquerda; em frente das camas, da mesa de cabeceira e do quadro com o anjo da guarda, fica a ampla sacada para o largo; está escuro e ambos sonham, ou sonharam, ou hão de sonhar sombras, ainda que o não saibam, não recordem, do fundo de suas trevas sem memória; Jó: estava no colégio, no pátio cheio de sol, quando o carcereiro veio para mim com ar irado disposto a matar-me; olhei à volta, vi que não havia porta por onde ir; dei uma corrida e, com um grande esforço, passei o muro voando, subindo a grande altura, enquanto o diretor disparava a metralha para o ar, porém em direção inversa à minha; vibrando os braços à laia de remos passei por cima de uma praia em que as pessoas se transformaram de súbito em formigas; sob o mar um veloz vermelho enorme peixe; sem parar continuei sobrevoando caminhos vários onde tentei pousar; cansado; creio mesmo que pousei mas parti logo, com medo de ser preso pela gente festiva que passava; por fim aterrei num grande armazém, espécie de estação de caminho de ferro, onde de novo pus os pés em terra; um rapaz do meu tamanho acompanhava-me quando cheguei aonde dois homens conversavam, na estação que, neste momento, antes parecia uma fábrica velha ou um lagar; não havia carruagens nem locomotivas, só carroças na vertical abandonadas; desconfiei que estes homens me queriam mal; possivelmente pela rádio o guarda da prisão tinha avisado e, com efeito, sem explicações, ali me meteram numa grande marquise, donde pensei poder escapar voando, porém logo reparei ter o cimo coberto de vidro verde fosco sem um raio de sol e isto revoltou-me, mais ainda porque comigo fora preso o rapazito; enquanto um dos homens se ausentava, talvez para telefonar, o outro entrou com a mulher, esta afirmou-me que ficaria no quarto número vinte e sete; sabia que aquele era o quarto dela, mas para ter a certeza perguntei e ela disse: sim, é o nosso quarto; e abraçou-se a mim com muita força, muita, muita força (Jó acordou esporrado e levantou-se ágil, para ir à casa de banho, naquele corredor, do outro lado).

8 TIAGO

Mas na casa de banho estava a irmã, e Jó teve de voltar pelo mesmo caminho ao quarto e de limpar-se, despertando Tiago, que estremece; o sonho deste: à noite a mãe deitava-me; no quarto uma luz baixa;

a cama quente, com botija de cobre que queimava e brilhava; tudo fechado curvo búzio; tinha já o pijama e a mãe beijou-me quando no corredor ouvi passos pesados e logo a porta se abriu silenciosa e o lobo entrou; calado caminhou devagar, seguro, cigarro colado ao lábio; o fumo ardia-me nos olhos ensonados e enevoava-os; ele trazia, vestido e justo pelo cinto de cordão ao corpo alto, o grande robe de meu pai e, nos pés, os sapatos de quarto; apalpou a mãe no peito; logo largou o cigarro e, sem sequer olhar para mim, beijou-a muito na boca e a levou; ela nada dizia e eu de pé na minha raiva sobre a cama; queria gritar, chamar, mexer-me, mas tinha a boca muda e os pés selados; foram juntos para o quarto; tudo ficou escuro turvo breu; de noite veio outra vez o lobisomem e eu deitado sem dormir; começou a lamber-me a orelha de cima com sua baba fria; morto de pavor, meti a cabeça dentro dos cobertores, fiquei imóvel, sem respirar; por fim, ele saiu, parando um pouco à porta; ouvi-lhe os passos afastando-se; então pude chorar o meu medo mortal (Tiago acorda no momento em que Jó bate, de volta, com a porta do quarto; tem os olhos molhados, húmida a almofada; da boca entreaberta escorre-lhe saliva mole sobre o lençol).

9 MOISÉS

Lençol não existe na cama de Moisés; tão-só o cobertor castanho já sem pelo, puído de sebo e de velhice; Moisés acorda muitas vezes de noite; é noite alta com estrelas, uma lua distante, no círculo de luz sobre as veredas secas; lua translúcida alaranjada por trás da qual as nuvens se esfarrapam, num céu de quieto mar, liso, límpido, raso; a terra charruada tem um tom escuro escalvado, enquanto a noite ocupa as celestes esferas; ao fundo da quinta de verde sombrio passam as carroças ecoando, estalando na areia que o vento transportou e pés desertos, grossos, às horas gastas, pisam; o milho cresceu e voltou a crescer, as espigas apontam seus espetados dedos, as folhas como espadas batem de encontro ao vento; o vento percorre o respirar da vila, as muralhas, as torres e a ponte; Moisés pensa e diz, deitado, com um gesto de mão lento no ar, que da padreação do vento sobre a vila nasceram os negros corredores da noite; noite aberta, extensa, mexendo no rumor das árvores lívidas, próximas das fachadas, cerradas; ao nível dos telhados paira uma força dura, rasa, irromper de fios e ervas para o voo incerto e rápido de rapaces; é noite longa e longa, morta, vinda do outro lado; é noite, átrio da morte, sem esforço e sem descanso girando sobre a terra, sobre os torrilhões, morros, ameias de pura altura; do outro lado fica o ignorado; e debaixo das sombras das coisas de cá, que memória e medo me sufoca e toma? pergunta-se Moisés, o antigo eguariço, sem encontrar palavras e sem uma resposta à sua grande inominável ignorância; do outro lado o quê? copas das árvores redondas de Alentejo, árvores cheias de sustos e sedes diante do mar e suas águas gordas à noite de altas ondas sob o brilho da lua que me lembra a minha mulher nua atenta aos nossos movimentos; tinha eu quinze anos, era um homem, bati à porta da casa dela, barricada, e lá disseram: quem é e ao que vem? respondi e disse: sou Moisés dos Santos, venho buscar honra e fama e mulher prà cama; logo a mãe dela destrancou a porta, atirou o cachaporro ao chão e abraçou-me com seus grandes braços, bebemos uns copos com torresmos e fugimos nessa noite para casar daí a oito dias, dormimos na tasca do Cavalo Branco; agora a noite mora sobre a vila em volta sitiada de estrelas, de espaços, de telhados, de carros que, na estrada, muito espaçados passam e se arrastam tarde, ou se quedam imóveis, junto aos passeios com enfeites de pedra, barrocos e abstratos de formas curvas de flores e aves e cristais, de pombas, lis e cruzes como tapetes de Arraiolos nos quais ninguém, ao pisar e repisar, repara; carros baços e definitivos esperam a morte, o vento magro e acre das geadas, o magno mistério das manhãs, a sombra inquieta de luzes longe e perto, do castelo num cabeço em frente, fumo negro de padaria ou necrotério no hospital onde há claraboias acesas sobre pernas cortadas e velhos com tosse como eu; Moisés, de cabeça branca na trouxa do pelico e grande barba de profeta, alva, crescendo sobre o peito, só suja junto à boca, no queixo e nas narinas, tem a tarimba na cavalariça hoje quase vazia, separada da casa dos patrões, para os trases da quinta; a quinta é fresca ilha no seco mar do Alentejo, ilha que dois séculos e mais de meio antes os frades descobriram; ao canto um edifício barroco de finalidade indefinida, em forma de capela, curta e curva, tendo um tanque no meio, estilo árabe, os quatro evangelistas em azulejo a cada ângulo, com os nomes por baixo e, nas três paredes livres, excluindo a da porta, três esculturas de santos ou de padres em pau, um de livro e caveira, outro sem nada de notável a não ser a tonsura, o terceiro com um livro aberto, no qual se lê em grossas letras: *IN GLORIAM MAIOREM DEI* e adiante, sobre a madeira sem tinta, escrito a lápis indeciso de criança, Caryl Chessman condenado à morte e morto ao fim de doze anos de prisão cela 2455 caixa postal 66565 São Quintin Califórnia; fora, em relevo de pedra, a data de 1705 e, mais abaixo, RECONSTRUÍDO EM mil novecentos e qualquer coisa; à volta, por cima dos quatro bancos de pedra, quatro painéis azulejados azuis setecentistas, como os do liceu de Évora, representam as estações do ano em figuras balofas de bacos e mulheres; ao lado uma pedra tapa, segundo a tradição, a secreta passagem para o convento na colina, em ruína, com sua branca torre triangular de cinco sinos, donde todas as tardes os frades menores vinham defender-se do sol sob as sombras da quinta, beber a água férrea no grande tanque cheio de limos brilhantes, móveis, verdes, castanhos ou vermelhos na base, e até um pouco patuscar, perto a nora; durante o inverno os alcatruzes eram colocados à banda, por cima dos ferros que sustentam a roda, e aí se descobria, chegada a primavera, uma densa rede de teias de aranha, fulgurando ao sol; entre o viveiro de laranjeiras e a nora, a água caía para o tanque numa frescura de bolhas e de espuma que, depois de ter descido aí meio metro, acima regressava em movimentos de algas; era o tanque em que as mulheres, as criadas, à tarde, lavavam, conversando, debaixo da parra e das nespereiras; impossível alguém permanecer ao pé daquela água sem ter sede; para além da sebe, a sul da nora, as oliveiras magras, sequiosas, de um verde que o calor torna cinzento ou azulado, com bolsas redondas e disformes nos ângulos da seca, corcundas sôfregas de seiva, aleijões dementes dispersados pelos montes, que é preciso tratar, podar e não esgalhar barbaramente por sete anos, como faziam dantes, caiar para que o fruto seja bom, o azeite denso e fino, semear a terra de tremoço, tremocilha ou grão que as adobem de azoto, não de pão de pragana que lhes tira a força, as envelhece, as enche de cogumelos pelo pé, deixando-as um dia inúteis, envoltas em morte, animais na noite, lobisomens postos nos caminhos, árvores velhas do alarme, da revolta e da paz; no cabeço próximo um moinho sem velas, habitado e bem cuidado, guardado por dois eucaliptos altos, de folhagem rala muito lá em cima;

junto dele os postes e os fios da luz; e pelas hortas em volta, com a primavera, logo ao São Brás, quando as searas despontam e as cegonhas verás, há espantalhos de latas de conserva de peixe quase em cada árvore ou de fios ligados a uma cana com penas de galinha ou mesmo só um saco vazio e emborcado, acenando um tanto no calor imóvel; os campos estão quentes de papoilas, das fisgadas dos gaiatos aos ninhos e do balir intenso dos cordeiros pastando, de olhos brandos, para a páscoa; trigos cerrados assoberbam-se, embora com ervas daninhas pelo meio, enquanto as favas irradiam já seu cheiro acre; a lenha amontoa-se pelos campos à espera que a transportem, forma vultos de medo em meio da noite, e as casas são claros fantasmas; a reca marrã branca teve na véspera um ror de bácoros magros, com o corpo pelado, cor-de-rosa rugado e cabeças ternas de tão feias, de translúcidas orelhas; ela está deitada na pocilga ao final do quintal e marra-lhes e morde com cautela e cuidados quando os filhos, em vez de caminharem prà barriga, buscam as tetas nas costas; postos como cachorros uns por cima dos outros, só as caudas ágeis ainda não laçadas mexem tensas; Moisés não pensa nos bacorinhos sem se comover; praticamente sempre os olhos enevoados; limpa-os, e às ramelas, com as costas da mão; mãos gretadas, rudes, dedos papudos, angulados para cima, longos até às unhas cortadas muito rentes, a direito, negras em espátula; puxa com as mãos o cobertor para o peito, para as barbas e o pescoço engelhado; sem ser capaz de dormir, olha a noite lá fora e a luz pela janela; olha tranquilo o sono e a vigília; sem pressa, sem nenhuma pressa; também não sonha; diz que não está já em idade de sonhar; não se lastima nunca do tempo que passou mas do que passa; vê os poentes e os círculos da tarde, enche o coração de uma alegria calma; dá ao silêncio o seu valor e não busca nos homens senão o que não sabem; ouve o vento distante e não se move; ao canto da açoteia sobre o teto em que dorme, o vento faz de quando em vez girar num remoinho rápido uma porção de pó e de cotão com pétalas de malva, folhas secas de malva e de roseira brava, restos de linhas com pedaços de pano e papel de jornal, a casca duma barata meio encarniçada no ventre e na base das patas como pentes, os anéis a dessoldar-se e a cabeça larga chata; o bom Moisés, de boca pregueada, nariz curvo de velho, molhado, rugas fundas por toda a face, dorme vestido, de ceroulas, camisa xadrez, meias sujas suadas, e recorda, desperto, sem querer: o silêncio da noite agora é grande, como quando ela morreu; a noite é morte, é a raposa velha; morreu um ano, nem sequer um ano, depois de nos juntarmos; os nove meses, foi aquela conta; albumina, disse o doutor, o raio que o parta; o crianço veio morto, vil e cinzento, de pescoço torcido; mas não interessava isso, desde que ela vivesse; eu sabia; tinha dez possibilidades de escapar, contra noventa; foi-se; pronto, não sofre, que havemos de fazer? uma noite como esta, deserta e aluada; quando ela morreu estávamos sós os dois, sós como quando amámos; ela deu um grito e em seguida um ai, contente, levezinho, resignado, quando rompi aquilo, nessa noite; não na outra; suava, tinha a cara alagada, cheia de febre, dores, se calhar pena de morrer; fiquei de todo abandonado; andei sem eira nem telha, como um bicho, não voltei a conhecer mulher, foi o diabo; então cá o morgado arranjou-me trabalho; cuidava dos cavalos e vivia-se; mas os cavalos rancolhos tiveram de ser vendidos, e o breque também; a cocheira ficou vazia, eu a dormir nela, verão e inverno, sem ninguém, sentindo a falta da mulher, de um corpo ao menos que nos meus achaques me valesse; hei de morrer aqui em uma noite destas e só se lembram de mim ao fim do outro dia, ao darem pela minha falta à hora de jantar, quando eu estiver feito um carapau, lívido inteiriçado; na noite em que fugimos fomos para Vila Nova de Milfontes, aí trabalhei de marítimo durante todo o verão; foi um imenso verão; ela não tinha visto o mar, fechada na charneca entre azinheiras, disse que não sabia de o mar ser assim tanta água em moitão, e quando tivemos que atravessar a serra ela perguntou por que raio é que tinham feito uns cabeços tamanhos, que calhando estavam ali desde que mundo é mundo, desde que Deus Nóssenhor lhes deu amanho; calhando, pois, retorqui-lhe eu; o mar era qual se, à superfície, tivesse posta uma colcha de gaze, uma rede de pesca, em cujas malhas as ondas se afilassem; não me esqueço do mar; é como um espelho ou a eternidade; brilha, reflete, fere e encandeia; a terra castanha e seca, casas, cercadas de planície; aí é que se sabe a soidade da sede (e o homem da terra respondeu e disse: semeio sempre até que o sono chegue mas a mulher anda de pingadêra e a ceia é velha, como a sede), Moisés sonhou ou passou-lhe aquela nuvem pela vista, deu-lhe uma tonteira e os sentidos a modos que lhe saíram da cabeça; as sobrancelhas pesam, grossas, sobre os olhos abertos; há uma vontade, nele, de regressos; na sombra da cocheira, com freios e estribos e selas de arção, a sua cara de malares e queixos salientes parece rir ou sorrir, mas recorda: devagar fomos para o cemitério; passámos pelos jazigos dos ricos, enfeitados, portas e janelas gradeadas, lamparinas, flores, seguimos para o alto, a parte pobre, onde o vento vinha pelo meio das ervas e desmoronava os torrões das covas rasas; aí, como eu um dia, aí foi que ela adormeceu para sempre.

10 ESTELA

Sempre, de manhã, quando a casa se assusta de ruídos surdos, insondáveis, desde o estalar dos móveis de madeira velha e o cair de estuque sobre o forro do sótão até ao repetido enervante voejar musicado dos mosquitos, Estela pensa no homem, quando acorda e o não vê na cama; uma vez por semana lhe escreve, à sexta-feira, para chegar lá domingo: Anrique muito estimo que ao receber esta minha carta te vá encontrar de prefeita e feliz saúde na companhia dos nossos filhos que eu ao fazer desta fico bem graças a Deus Anrique cá recebi a tua carta e nela vi todo quanto me mandavas dizer e onde vi que tinham todos ficado de saúde foi o que eu mais estimei saber Anrique quando te eu mando procurar alguma coisa tu não me respondes a isso eu tive aí uma carta que dizias que estavas todo contente e eu mandei-te proguntar que me dissesses por que era e tu nem me deste resposta agora com respeito a tu vires vem quando quiseres que eu nunca mandei na tua vontade nem agora mando e nem quero mandar Anrique mandaste me dizer que estavas doido da cabeça pois olha a minha todos os dias me dói de cada vez que me alembro que inda faltam aquase quatro meses para o brão Anrique vê lá se te deixas por aí imbroxar do Augustinho do Tanque que ele até é só para te desgraçar tu fala aí à Joaquina que essa tem o milho ou se ela não to arranjar vai ao Luís pastor que se ele não o tiver ele lá to arranja que quando era para o primo comprar a casa ele também lho arranjava lá num pulícia amigo dele Anrique estimo que tivessem boas festas do Carnavale nem me mandaste dizer se o Jacinto passava aí o Carnavale ou se ia embora eu estava me mesmo alembrar que tu nem comes pois olha toma seitido não tires o susteinto ao corpo inté quem não trabalha precisa de comer quanto mais quem trabalha como eu na minha ideia intendo graças a deus que eu tive pessoas que me disseram que tu aí que nem para ti ganhabas mas tou a ver que chega para ti e para nós estavas para aí tu a dizer que me pareceu pouco mas eu não me pareceu pouco parece me muito sabes que tive carta do Artur vós talvez nem vos alembrastes dos anos dele como tu fizeste das batatas que nei sequere me falaste nelas Anrique também te vou pedir uma coisa que não aboreças aí os nossos filhos e tu ao Artur não o aboreças deixa o andar à vontade dele que não se estraga por isso tu leva o com modo por bem tudo se leva e com isto termino muitos beijos aos nossos filhos e tu de mim recebe um apertado abraço desta tua mulher que se assina

Estela
a Deus

11 PIEDADE

Sempre a manhã desta sexta-feira é diversa das outras na casa; Piedade, a cozinheira, o sabe, por isso despertou cedo, embora se levantasse um pouco tarde, depois daquele tempo todo a memorar; é uma sexta-feira cheia de sol de março, é sexta-feira dita a santa; Piedade ensombrece, e sofre não por ser sexta-feira, nem por ter sido santa, mas precisamente porque rememora, porque ainda na véspera à noite, de luz apagada e deitadas ambas, falou no seu passado à companheira e choramingou ou chorou mesmo; esta não o saberá dizer, durante a calma confissão da noite comoveu-se bastante, deu estalidos amigos com a língua, mas deixou-se dormir de seguida e hoje, com a carta ao marido de manhã (para poder seguir ainda no correio) já esqueceu tudo e desce as escadas, caminho da cozinha, satisfeita, fazendo um estardalhaço de chinelas nos degraus; Piedade não, Piedade não esquece, como esquecer-se do que lhe pertence? parece-lhe até que dormiu mal, às voltas em suor, as orelhas escaldantes, a cabeça pesada, com o reavivar daquela velha ferida; Piedade cedo aprendeu a sofrer: desde que me conheço como gente que sei o que isso é, e nada mais eu fiz que não fosse isso, suar, arrochar, sofrer desde que minha mãe morreu quando eu nasci, tal como aconteceu à mulher de Moisés, morreu de parto, e eu podia mesmo até ser filha dele, fui criada com os meus avós, pais da minha mãe, os quais me arranjaram ama, fazendo o que podiam, me deram tudo que tinham, pois meu pai voltou a casar em seguida e não quis mais saber de mim para nada, foi viver com a nova mulher e os filhos dela para Odemira, onde também nasci, nunca mais ele me querendo ver, talvez me detestasse por eu ter morto a mãe, ou talvez ao contrário pensasse que eu é que o odiava por ele casar logo, inda hoje não sei, não compreendo, o que sei é que estive vinte anos sem o ver, desde que me conheço como gente senti a falta de ter pais, o desamparo primeiro, e a revolta depois, que isso me dava, não porque meus avós vivessem mal, viviam até bem, no monte duma herdade próxima de Odemira, situado no alto de um cabeço, nu, escalvado, e descendo empinado para a estrada, mas cresci sempre fechada com os velhos, não tive quase infância e nunca fui criança, quando ia à escola estava sempre séria, não brincava, não me lembro de ter puxado uma única vez os cabelos duma companheira, de ter saltado à corda ou levado pancada, fui mulher posta de lado, só, sem amparo, sem nada, mordendo-me de raiva porque me não falavam quando ia pela rua, por isso estudava com todo o afinco e talvez pudesse um dia chegar ao magistério, o que me destacaria já dentro da nossa classe, se os meus avós não tivessem morrido no curto espaço de dois meses, não me deixando peva, porque nada, a não ser o seu trabalho de caseiros, eles tinham, e eu ali só com eles, com um e depois outro, a vê-los ir-se, e ver uma pessoa que para nós é tudo falecer, é de fugir, esse gritar com força, baixo, fundo, e já não ter resposta, já não estar ali senão um corpo imóvel, frio em breve, entregue como um cristo sobre a cruz, então vim viver com esta minha tia daqui, ela era solteira, brincalhona, e nos seus quarenta anos nem pensara em casar, porém lá imaginou que era melhor para a gente ter um homem em casa, um amparo, conhecia um um pouco mais velho que ela, casaram, fizeram o negócio, mas ele não a ama e não me pode ver, não a amava, pois ela também agora já não sofre, ele empregava o tempo todo em torturá-la, deitando sempre as culpas para cima de mim, porque se embirrasse comigo sem o dizer a ela, podia ser que a amasse, mas não, fazia-o de propósito só por eu comer da mesa deles, oprimia-me, humilhava-me, foi assim que me resolvi a vir servir, sabia fazer por assim dizer tudo, tinha até jeito para desenho e bordado, bordava para fora, mas não podia mais viver em casa deles, rebentava, um dia endoidecia, ainda por cima o meu pai, volvidos vinte anos sem saber de mim, nem se interessando, veio cá o ano passado pela feira de maio e foi fazer uma visita à minha tia, irmã da minha mãe, pois quando entrou à porta e me viu apenas disse: boa tarde a todos; e depois: como está minha senhora? e apertou-me de fugida a mão, como se me tivesse visto inda na véspera, eu fiquei branca, comecei a tremer, cheia de frio e de arrepios nas costas, os soluços subiam por mim com toda a força e eu não era capaz já de os suster, levantei-me da mesa do almoço e corri para o cubículo de tabique do meu quarto e ali fiquei toda a tarde naquilo, chorando, ele nem se deu ao trabalho de me ir ver, nem despedir-se, quando findo o almoço lá se foi embora, eu fiquei esfarrapada dos nervos, sem ser sequer capaz de engolir ou mover o nó da garganta, tanto que me doía de chorar, a minha tia também ficou muito abalada e, talvez com os desgostos, começou a finar-se e morreu dentro em pouco, dizem que do coração; ainda nova, atão é que tive de sair daquela casa porque já nada a ela me prendia, inda por cima o estupor do meu tio quis abusar de mim, ela ali morta e ele a querer mesmo deitar-se comigo, quando apareceu este lugar, com a falta de criadas que há, eu deixei os bordados e vim para a cozinha, e foi porque não havia outro trabalho.

12 JÓ

Na aula, ao fundo, à direita, sozinho na carteira de dois, longe de tudo, abandonado, Jó estava olhando para o tampo, desatento, farto; era o melhor aluno, punham-no no canto a fim de que nenhum (os cábulas, adiante) copiasse por ele e ele não pudesse, como vinha sendo hábito, soprar a ninguém nada; fazia depressa os pontos e por isso gostava de os passar se os outros precisassem (e sempre precisavam), mas agora, isolado assim e sem utilidade, sentia-se irado como num castigo e uma impressão obscura na barriga fazia-lhe calor e enervava-o; puxou uma revista da pasta com cuidado, dissimuladamente, e desatou a lê-la, já de tudo esquecido; mas logo após um breve ou longo tempo, a mão grande pousou-lhe sobre o ombro e ele nem teve necessidade de virar-se para saber; o professor tirou lentamente a revista, com dois dedos apenas, no asco de quem toca em coisa suja e por outro lado gozando com delícia a descoberta de um enigma, talvez de um crime, violação ou assassínio (peça de roupa interior de mulher, esquecida debaixo do colchão da vítima, ou cabelo louro sobre o travesseiro, importante como na terrina da sopa, filmimagens dos livros policiais que lê serões inteiros, enquanto os outros estudam); não disse nada, o tipo, mas mostrou a revista à turma, sorrindo, e levou-a para diante consigo, calmo, cínico, como quem transporta um troféu ou um filho; pô-la na secretária; aí o sol entrava com força pela janela, iluminando a jarra verde cheia de flores secas de papel já velho, azuis, cinzentas; sobre a mesa o livro de ponto e a pauta abertos, junto ao globo terrestre com asas de metal amarelo; para lá da janela, no pátio de recreio, sobre o telhado das traseiras de um prédio velho formando ângulo reto com a sala de aula (esse prédio que ele olha quando não quer ouvir, pondo-se a imaginar o que se passa por detrás das janelas, umas estreitas, com vidros pintados, são casas de banho certamente, aí onde se encontra, diante de si mesma, a maior nudez, a máxima miséria, a mais dura verdade, as outras apresentam cortinas e portadas, quase sempre fechadas, há algumas com escritos em losango por dentro das vidraças, deixando adivinhar um interior deserto com pó e ratos pelos cantos, cotão e papelada, o eco cavo de fora subindo pelos corredores e escuras escadas), dois pequenos pardais, de penas eriçadas, gritavam e galavam-se repetidas vezes, o macho de grande mancha preta ao peito (em casa, Jó conserva, de criança, um livro com fábulas de pardais, e recorda-se de uma, ou inventou-a a partir daí, o pai pardal em casa, a mancha preta de cabelos a ver-se entre a camisa aberta, as asas à cabeça, aflitas e eriçadas ou tristes e zangadas, diante de qualquer desgraça, a seguir no tribunal, direito e digno, com gravata preta ou plastrão, é livro antigo, desses que têm um cheiro acre usado, do tempo dos pais, o pardal, respondendo ao juiz, em sentido, de pé, entre dois pardais guardas que o agarram com raiva, por fim talvez na legião estrangeira, fardado de bivaque igual ao que ele é obrigado a usar na Mocidade, contudo sempre de luto, de gravata grave), e Jó, olhando-os no telhado, distraiu-se da sua grande pena, logo viu o professor folheando a revista por alto, a rir com escárnio, como se (revista boa, de viagens) se tratasse de coisa pornográfica, e em seguida fazer uma data de números no quadro, do género 0962 2690 9602 6920 2096 9620 0296 6290 2609 9260 0629 6029, o que parecia ser os anos do seu futuro exílio; houve riso; entretanto a sineta tocou e no espaço vazio não existiu mais nada; despertou de todo e já de vez; era o leiteiro tocando ao portão do quintal; deviam ser nove horas; saiu de novo para a casa de banho, livre agora.

13 TIAGO

Acordou a chorar, com a cara alagada, por isso recordou uma manhã na praia, anos antes; brincara todo o tempo à beira da água com a prima, agarrando-a pelas pernas e caindo-lhe em cima às cavalitas, para furarem ondas; sentia um prazer vivo vindo das costas dela, como quando trotava sobre o burro da quinta, o que tirava à nora; o pai disse que eram horas do almoço: toca a arranjar-se, tenho pressa; começou a vestir-se ao fundo da barraca, tirando o fato de banho o mais rapidamente que podia, para enfiar as calças curtas brancas de que, contudo, atrapalhado, não era capaz de acertar com as pernas, ora trocando-lhes o lado, ora metendo ambas na mesma, voltando-se de costas, curvado, cheio de pejo; ouviu, nítida, atrás, a voz do pai:

– olha pràquilo, até parece que tem a esconder qualquer coisa

– pois tenho

– tem o quê, mostre lá?

– tenho pois

– atão mostre lá

– nã mostro

– não tem mas é nada

– nã é pròs outros verem

– o quê? esse berloque ou lá que é?

– qual berloque?

– então se não é mostre

– mostre o pai o seu antes

só se lembra que pesado, ardente formigueiro lhe embateu na cara, a mão do pai, deitando-o para o lado, contra o pau da barraca, tonto sem ver nada, e daí para o chão, sentindo--se despido e tapando, aflito, o meio das pernas.

14 ARMINDA

Foi na conferência, poucos dias antes de vir para férias, que aquilo começou, à lembrança de que não devemos ir a conferências nem fazer conferências, pelo que disse a Samuel: vamos embora, em voz alta, que os vizinhos ouviram, olhando sisudos, cheios de circunspeção, abanando a cabeça, à força levantando-se para nos dar passagem, enquanto eu ia dizendo, antes mesmo de alcançar a porta: usam pistolas, estes tipos, não nos deixam descer para a planície, mas são próximos os dias ou pelo menos já estiveram mais longe (saíamos à rua, subíamos o passeio a pé, ele assustado tentando serenar-me, eu tropeçando a cada instante sobre os sapatos altos), eis que ela chega, a nossa idade média, tropa de choque a cavalo, ouves ao longe os cascos dos cavalos, pergunto-te se ouves os cascos dos cavalos, cavalos de fogo, escuta, repara como galopam lentos, implacáveis, espumados de branco, repara, agora ficaram imóveis sobre a chapa do tempo, em movimento eterno pelo vácuo, as patas pisam a terra pejadas de ameaças, ouves o choro que fazem os cascos sobre as rochas, são eles, a quatro e quatro, serenos, certos, crinas e espadas, ah se tu ouvisses, Samuel, ei-los que chegam, caminham com as bocas fendidas e, nas caudas, o sinal de uma vingança escrita, eles vão separar-nos, Samuel, escuta, tu que és o ouvido divino, ouve, não posso consentir que partas, vês? os vidros do hospital ao pôr e nascer do sol sempre assim ensanguentados, jatos de sangue esguichado debaixo dos cascos cinzentos dos cavalos, apressemo-nos, ou chegaremos talvez demasiado tarde, traze a tua arma, o teu cavalo bravo, vamos para lá, não vês aquelas manchas sobre as nuvens da tarde? mas que foi, Samuel? não, não me quero deitar, dormir mais, tenho sono, sim, imenso, tanto, que se me deito durmo para nunca mais voltar a ver-te, tenho medo de dormir, tenho tempo depois, demasiado tempo, não me deixes sozinha à espera de morrer, não te vás, transporta as tuas coisas para o meu quarto, amplo, antigo e em desordem, com um espelho de cristal florenfeitado, um guarda-fato enorme em que até cabe a morte, aquela cruz cheia de pó e madrepérola, o meu quarto em que tenho frio e deliro, tenho febre, estou cansada, doente, dorida nas coxas, não me soltes o braço, Samuel, oiço o que dizes, oiço as tuas palavras, mas fala mais alto, grita se isso for necessário, para que seja verdade, os teus olhos fixam os meus olhos, os teus olhos cortantes, a tua face abriu-se, faca afiada, Samuel, não vês como os teus olhos são duros? não gosto dos teus olhos nem desses punhais surdos, apaga essa luz que nos lambe de fogo, vermelha luz, agora o quarto penetrou, tu penetraste em trevas, agora nada oiço senão a tua voz, Arminda dorme, Arminda dorme, agora estou cansada como se tivesse atravessado a terra, agora o sol aparece a nascente, agora vou descansar no seio da terra.

15 JOÃO CARLOS

Com a alba deste dia de Vénus (*veneris, venerdi, vendredi*) ele ergueu-se, saiu da cama nua caminhando dois passos prà janela, abriu-a e o frio entrou, húmido, áspero, habitado por distantes sons, vozes de madrugada, voltou para o leito na penumbra e sentou-se na borda, em cima dos pés e de mãos nos joelhos, abertos e cruzados, contemplação ioga, enquanto a manhã crescia lá por fora, logo teve um estremecimento e levantou-se, começando a despir o pijama; na casa de banho fez a barba, lembrando-se da primeira vez que a fez, há quatro anos (procurou gilete, lâmina, pincel e sabão, nervoso, logo de início lhe surgiu um problema, não sabia se molhar primeiro a cara e ensaboar depois, se, ao contrário, ensaboava e em seguida fazia com o pincel a espuma necessária; resolveu-se afinal pela primeira e até ali não se deu mal; pior foi depois; agarrou na gilete, a mão tremente, nivelou à patilha e puxou de leve, tão de leve que não deu por cortar um só pelo; de novo a levou acima e a deslizou para baixo com mais força; não conseguiu ainda; a barba fina e fraca; impaciente, o amor-próprio já ferido, premiu forte e feio desta vez, dando um estição quase violento; resultava, entusiasmou-se, rapidamente raspando a cara toda; reparou que pequenos pontos indecisos de sangue surgiam e iam engrossando; meteu a cara dentro de água mas o sangue continuava em maior quantidade; por fim lá se lembrou do álcool, procurou o frasco no armário, jogou-o na mão e, a medo, o passou pela cara; ardia; soprava sobre as mãos em concha à frente, e o queixo e a face, descobertos no espelho, apresentavam um estado lastimável), em seguida tomou banho; do chuveiro saía uma vaga de frio e o ruído da água sobre a banheira e o corpo, lasso e morno sob a dura água; limpou-se, vestiu-se, saiu; ao fundo do quintal o cordeiro esperava; fez-lhe uma festa na lã grossa e puxou-o para junto do regueiro das canas; pensou que tinha de estudar direito de manhã, e que o tempo era pouco; o tempo; o tempo do direito romano; tempo imóvel e móvel, este contínuo e útil, computado naturalmente ou *ad momento a temporum* e civilmente ou *ad dies* (*dies cedit, dies venit*); *dies a quo* ou termo inicial ou suspensivo (*dies a quo computatur in termino, dies a quo non computatur in termino*) e *dies ad quem* ou termo final ou resolutivo (*dies ultimus inceptus pro completo habetur*); e contudo sabemos que o nosso tempo não chegou ainda, há uma voz distante, uma reminiscência, eco sem fim, que devora o velho esquecimento, mas, quando vier a hora, havemos de estar preparados, acordados; o nosso reino pobre, a nossa casa triste, os nossos pensamentos estão há muito cerrados, o tempo não consente que sejamos felizes e o morto vela o sono como um mal enforcado; morto cordeiro da páscoa, pendurado, esfolado, assim aberto, as costelas lisas, brilhantes como plástico pintado às tiras alternadas, brancas e encarnadas, desde a espinha, com bolhas de gordura nas pernas e barriga, um cheiro morno intenso um pouco nauseabundo, as vértebras da cauda apontando para o ar, fígado, coração, língua, fressura, bofe, misturados no sangue já escuro do alguidar.

16 MOISÉS

Eis que caminha pela manhã de névoa, quando ainda a charneca está cheia dessas aves que cantam como sendo pingos lentos que caem e, a caminho da sua missa diária, assalta-o o nevoeiro igual de anos atrás, nas infindáveis tardes de Milfontes; aí, pouco depois das cinco horas, até às vezes antes, um grande nevoeiro vinha do norte ao longo do canal e da linha do mar, chegava à barra, baixo, ia entrar pelas furnas lá do outro lado (da praça, junto ao castelo, velhos da vila e marinheiros diziam: temos mar brabo, as furnas deitam fumo, a modos que o mar arde), enchia as falésias de cinzento, como se fossem só mancha no olhar, uma sombra do sol, subia pelas costas verdes empinadas, cobria a margem sul entrando pela foz, os pinheiros, os montes e as casas, brancas, de telhados pardos, ocupava o rio e as ondas ao largo, vergastando nas rochas, de repente parecia recuar em bando, com as aves marinhas que seguiam rápidas e os corvos ouvidos onde não se sabe, mas voltava, mais denso, persistente, dividido em braços de neblina, altos, xistosos como as margens e como as grandes camas (paralelas, clivosas, semelhantes a túmulos) em que a água estanca sobre a areia grossa, com marcas de patas e penas de gaivotas que a maré abandona quando em corrente desce, braços de névoa com regiões de sol, raiadas, depois apagava nos barcos os mastros e os postes do cais, trepava pelas escadas molhadas, pelas ruas da vila, pelas moradias ribeirinhas com arcadas, tapava as varandas e ameias e janelas esboroadas do palácio, a ponte levadiça, as árvores, o sino do relógio da igreja, as sebes altas dos quintais e as pedras do mercado no largo, o posto amarelo-azul-encarnado dos socorros a náufragos, o cemitério, os cabeços ao fundo em dois planos, o primeiro verde e castanho, o segundo já sem cor, o correr do rio até à curva do seu leito na falda da montanha, no sopé dos vales, e à hora dos poentes cada vez mais cedo quanto mais o inverno sem apelo chegava (temos i o inverno na tarda, ó ti Eusébio, diz uma voz de sarro assentada na praça, de encontro a uma bengala, chupando uma beata) e as grandes geadas, mais próximas da morte ao frio das lareiras e dos leitos gelados, à hora do poente que se não vê, ao longe, atrás das nuvens e das dunas com cardos, do outro lado do farol isolado que apenas e a custo fura o ar, à hora desejada em que, por detrás das portas e janelas sobre o mundo cerradas, os candeeiros vermelhos de petróleo se acendem com uma luz pálida que lentamente desce pela chaminé bojuda e recortada; à hora em que o sol de cinza envolto no arco-íris se põe entre os pinheiros mansos a norte, a vila é um fantasma de morraça e até ao outro dia dorme; mesmo na missa e olhando o altar, ainda Moisés se não liberta da persistente lembrança daqueles dias breves que na noite passada o assaltaram; escuta o padre com fé (é missa de pré-santificados e ele ouve: *in diebus illis, dixit Dominus ad Moysen, et Aaron in terra Aegipti*) mas a memória sequiosa não pode esperar; deste modo ele sabe, talvez apenas hoje, o que aqueles dias em sua vida foram; tudo foram: dali fugimos, à aventura, para a praia da Zambujeira (diziam Jambujeira); era uma aldeia pobre, uns vinte pescadores iam pescar lá longe, à Entrada da Barca; na feira de agosto, 29, os campaniços vinham, com gados e mulheres, para tomarem banho, juntos e vestidos, pela madrugada, saindo as mulheres da água com o corpo todo a ver-se sob as saias coladas, a fim de terem saúde todo o ano; de manhã estivemos no chafariz e fonte, ao norte, onde ela se lavou por baixo (tinha medo do mar) antes que as mulheres viessem vindo e indo, com cântaros na anca ou à cabeça; as ondas tinham na crista crinas de cavalos, embatiam nas rochas formando mantos de espuma, escorriam em fendas cabelos de velha, depois serenavam numa nata; boiando nessa nata entre detritos, a cem metros, vimos intacto um cão que morrera afogado; era castanho, igual a uma raposa, deitado de lado ou a três quartos, a cabeça metida dentro de água, branca, de boca aberta como quem vai morder, orelhas flácidas; olhos não se via bem mas pareciam verdes, abertos também, esburgados talvez; moles e claras cauda e patas, as da frente dobradas ou partidas, adejando, a direita de trás espetada no ar sobre a barriga inchada (lembrava o cordeiro de hoje, antes de o esfolarmos) e submersa a esquerda, envolta em salsugem e algas; o sexo, obsceno e teso, como antes de fornicar, ao meio do ventre cheio; fez-me lembrar um anjo branco emprenhado que, como castigo, fosse afogado (Moisés neste momento ouve dizer no altar: tendo Jesus provado do vinagre, disse: tudo está consumado; e, baixando a cabeça, expirou); as ruas não tinham luzes, na escuridão a aldeia fazia um triângulo baço a descer para o mar; havia hortas nas dunas, milho seco, couves e tomates; muitas noites dormimos pelas sebes ou na praia; ela beijava como se me quisesse devorar, chupava-me com a força de uma fêmea aluada; tinha um peito duro e as mulheres da vida que eu beijara antes não beijavam assim; de noite a praia é íntima, comparada com a desordem das ondas e seu espelho vermelho quando, ao poente, se espalha pelas areias; sobre o mar, as luzes de cada casa ao alto fazem linhas compridas, que se perdem no rastro largo do luar, as rochas de dentro de água parecem monstros marinhos; à tarde levantava-se um vento frio, fero, que com a noite serenava; ao acordar encontrava-se sempre esse lugar diferente, como se em cada noite o mundo se mudasse; nas manhãs fantasmáticas via-se o ar passar rápido do cinzento ao azul ao ocre do sol, o qual enquanto o diabo esfrega um olho se erguia, num círculo de ferro incandescente; lembro o nome das praias em redor: Machados, Carneiros, Alteirinhos, praias rochosas, violentas, vulcânicas, de crateras e grutas em que o mar ruge, no corpo das ondas que se erguem num muro de vidro colorido opaco onde a gente visse as nossas almas; havia na aldeia uma mulher doente, vivendo numa casa sem janelas, com porta de degraus; passava o dia inteiro encostando à ombreira o seu metro de altura, na descansada posição dos idiotas, uma barriga enorme sobre pernas gordas, peitos caídos para o apoio do ventre, a cara de pano com cabelo curto, grande franja provocante, braços de anã; entre os quinze e os cinquenta anos, impossível dizer a sua idade, máscara de carnaval que, de tão feia, parece ser real; sempre que penso nela (durante anos, depois que a minha mulher morreu, a via em sonhos sorrindo para mim) lembro-me dos troncos da doce-lima que, mesmo velhos e nodosos, permanecem frágeis e parecem árvore de brinquedo; agora é o ofertório; Moisés vai comungar, faz comunhão diária, diz que não tem pecados, prefere este a um outro hábito, o do banho diário, que a gente rica tem; depois da comunhão já não quer recordar mais; há coisas a esmo que esqueceu; a aldeia tinha baixos telhados alinhados e açoteias dando para pequenos pátios pejados de objetos e dejetos deixados ao relento, cheiro a tripas de peixe e a excrementos, cascas de batatas (castanhas veludosas), cascas de ovos, latas de conserva, de petróleo; os tetos das casas são feitos de cana, as paredes e calçadas do áspero xisto da costa; em cozinhas e pátios as mulheres conversam chulamente, arrastando alpercatas sob os pés duros de calos; são mulheres muito livres que, até quando solteiras, de noite dormem sempre com um homem; de dia trabalham mais que eles (que esperam nas tascas pela hora da pesca), mas nunca parecem fatigadas; a aldeia não tem nomes de ruas nem números nas portas, nem chaves, e não são necessárias, todos se conhecem; pela rua vagueiam, desde a alvorada, cães sujos e famintos, em bando, cheios de pressa; e velhos muito velhos, como Moisés, todos de preto; em Vila Nova as mulheres eram bem mais burguesas, não tão livres, havendo uma casa de passe disfarçada; chega-se à noite, no retângulo de luz dum candeeiro mortiço, e é uma taberna, uma pequena venda com garrafas, caixas vazias, pia e petiscos, uma porta na parede de pano dando para fundos escuros e cheios de vozes turvas; quando se entrava não havia ninguém e o vazio da casa intimidava; duas pancadas de moeda no balcão de zinco, e uma mulher aparece, um tanto gorda e grande, penteada, com ar de alguém para quem não há mistérios; tudo lhe é fácil menos a reputação, que muito preza; observa se passa gente; fala com respeito e respeitabilidade; assenta uma das mãos, seca, em qualquer coisa, desde que se veja; depois sorri e provoca, maníaca, a pensar na obra; o bico do candeeiro chia manso; um torpor tudo invade; a missa acaba, Moisés caminha para casa.

17 JOÃO CARLOS

A manhã, quente e abafada, completamente estática, ardendo em claraboias e, para fora da vila, ao longo da longa estrada, dói no olhar e na memória, clara como página sem nada.

18 ANDRÉ

Acordo e tudo é exatamente como se tivesse chegado da mais longínqua morte; a noite terminou, deusa das trevas, filha de céu e terra, toda feita de mamas, esposa-fêmea dos infernos, e ainda me parece, fechado neste quarto, no cavo desta cama, que a noite continua, que o dia é tão-só noite e fora há negridão; hora do príncipe das trevas, eis que acordo em sexta-feira de Paixão, demasiado tarde, o carnaval passou, tenho o espírito opaco, a alma obscurecida e a noite não me larga e desta vez para sempre; vou morrer como um porco e ninguém terá pena; o carnaval passou, carnaval da cidade, os dias de Lisboa que passaram; juntávamo-nos no Império, vendo correr o céu e o trânsito de automóveis, táxis verdes em baixo, contínuos como insetos pelos caneiros do asfalto; alguém chegou e sugeriu que fôssemos nessa noite a um clube de jazz; havia apenas dois, era a um deles, não me recordo qual; sem jantar seguimos para lá, de carro, alguns a pé, pois a chuva parara; as ruas mornas alagadas, grossos pingos das janelas e beirais caíam-nos na cara; a cave, brancazul de humidade e fumo, funda, completamente à cunha; era o último dia de carnaval, terça-feira, depois de cuja meia-noite, dizem eles, não se pode, por se entrar na quaresma, mais dançar; claro que a gente dançava e então eu, com noitadas e algum álcool em cima, vivia uma espécie de sonho pouco nítido, envolvendo os atos de neblina, que me tornava às vezes sonolento ou, ao contrário, violento; enfim sentado numa mesa ao canto, perdi a consciência de onde estava, e devo ter dormido ou simplesmente, sem nada ver, olhado; só sei que ao vir a mim, ao fim de um tempo incerto, me surpreendi fixando uma mulher sentada a meu lado, sorrindo para mim ou para o ar distante, e que me perguntou suave: não se lembra de mim? respondi: não; e ela, maternal: em Madrid, no Whisky Club, o inverno passado; acenei que sim, mas nada me lembrava, foi uma noite em que bebi bestialmente, no último carnaval, nem saberia o nome do clube, sei que não se dançava, se bebia somente e se escutava jazz, nós estávamos em frente da orquestra metida num cubículo, havia uma carpete suja vermelha e grossa e, na parede por detrás do bar, cacifos fechados; ouvi: eu estava até com o meu marido e olhámo-nos logo que cruzei o reposteiro da porta; reafirmei: sim, sim, claro; não tinha porém a certeza de nada; uma ideia me veio: e se dançássemos? reparei então que, desde o início, ela falara espanhol: *por Dios*, e levantou-se rápida; eu demorei ainda a equilibrar-me, o que alcancei agarrando-me desesperado a ela; foi logo; senti-lhe o corpo como um pesadelo; metido no meio dos empurrões da massa, de novo perdi a noção do real; segurava-a à bruta, levantava as pernas em desmesura, beijava-lhe o pescoço e os cabelos ásperos, passava-lhe o suar das mãos por todo o lado; pergunto-me hoje (mas apenas às vezes, porque tudo é inútil) se de facto aquilo não foi um sonho mau; não sei como acabou; ou eu tombei por fim, ou ela se separou a custo e me arrastou amável para o nosso lugar; devemos ter falado dessa remota noite que eu não recordava já ou o fazia mal; ela contando afirmou por certo que o marido a não deixava olhar para nenhum lado nem para pessoa alguma, que, durante dois minutos, tendo sido chamado ao telefone e estando eu, em relação a ele, encoberto por colunas, eu pegara nas mãos dela e ela dissera: voltarei amanhã, o meu marido todas as noites vem, das onze às onze e meia, é o dono disto e traz-me sempre, para não me deixar em casa meia hora só, de dia nunca sai um instante de casa, quer é estar deitado comigo e (ou) com a criada, é apenas nesta meia hora que jogo toda a liberdade; depois de ela ter saído bebi muito até à bebedeira, pois continuava a não me recordar de nada; no outro dia não senti qualquer desejo de lá voltar a vê-la; ela era só carne e aniquilamento, sem ter de facto nada dentro; esperava que, num mar de névoa e gelo, me chamasse numa irresistível voz, e de repente, ante os meus olhos, se metamorfoseasse numa ave nojenta, negro bútio de pescoço pelado, ou abutre, dessas aves que de noite pousam nos meus ombros e me arrancam os olhos, até que desperto num grito abafado e me reenrolo no pavor de estar só.

19 PIEDADE

A manhã da mãe e da criada de dentro; trabalho sinuoso, subterrâneo e lento; arrumar os quartos, arranjar as camas, limpar o pó aos móveis e lavar; a cozinheira vem pedir a Estela que lhe bata para o almoço as claras em castelo, que ela anda com o sangue e assim é impossível, as claras não se enformam, sempre escorrem; Estela sorri mas igualmente teme a fama de tal lenda, e vai para a cozinha por instantes; o que mais preocupa a companheira nem é tanto isso quanto o cuidado necessário à tarde, no namoro, em não olhar, mesmo sem querer, para o belo relógio de pulso do rapaz, ou perguntar-lhe as horas, porque ele parará, partir-se-á, esmigalhando-se o vidro e caindo no chão, curvados os ponteiros, retortos como cobras feridas, queimadas, retorcidas, o mostrador manchado de cinza, sangue ou pus, estalada a corda, as engrenagens soltas, a correia puída, o espanto e talvez o susto no olhar do namorado, tudo por estar menstruada; verdade seja que Piedade não acredita inteiramente nisto, que em casa dos avós ouviu desde os dez anos, nunca porém se atreverá a querer verificar, como um antigo crente sentirá sempre receio ou respeito suficientes para não voltar, por exemplo, a comungar e muito menos a receber a hóstia e em seguida guardá-la ou cuspi-la para o lado; ela ouviu, pensa, falar em missas negras, nas histórias que a avó, nas lengalengas das noites de verão, à porta desse monte, envoltas pelas trevas (enquanto o avô ia, em Odemira, à taberna mais perto, bebericar uns copos e até, se para isso o puxavam, jogar uma rodada ao chinquilho ou à malha), a velha avó, que servira em casas ricas durante muitos anos, lhe contava, para que ela se agarrasse a ela com terror e ternas festas, abraços; agora quanto às missas negras, que ela julgava feitas só por pretos, eram possessões do porco-sujo, e não queria imaginá-las.

20 FRANCISCO

E contudo aquele meu avô, que morreu de súbito sem agonia quase, vivia desde há muito aguardando o momento de esticar; tinha o caixão já feito sob a cama, pinho negro e rijo, forrado de vermelho, em que todos os anos, na noite de ano-novo, se metia, metódico, a ver se estava bom; não queria, afirmava, dar trabalho à patroa; arrastava-o para cima do tapete, esse mesmo tapete, com o mouro a cavalo, que hoje tenho no quarto, limpava-o do pó com o pijama grosso e, antes de deitar-se, sereno e calado, com o seu melhor fato e polidos sapatos, em que havia de ir, se metia nele, imóvel e esticado, os olhos fechados, a almofada da cama debaixo da cabeça; ficava ali um pouco, como que meditando, virava-se para um lado e outro lado, a quais que adormecia segundo nos contava a avó e mais tarde as criadas, pois era ela a única a, mesmo contra a vontade do velhote, presenciar a cena; o esquife estava óquei, parecia que minguava, acompanhando o corpo, feito à sua medida, até que se encontrassem um dia, uma tarde; encontraram-se, pois, e tudo foi banal; no fundo o que não queria era deixar memória; porque a mulher era vinte anos mais nova, recusou-se ele sempre a tirar retratos, pois se morresse cedo e ela ainda casasse, o segundo marido não teria a fotografia dele para se lhe rir na cara; e não se riu, de feito, porque ela não casou, gostava dele, não parecia bem e quando, enfim, ficou viúva, não era tão nova como isso, tinha quarenta anos e estava, como acontece às mulheres da província, gulosa ainda por cima, demasiado gorda; no entanto conseguiu um retrato dele, tirado numa feira sem que desse por isso; ampliaram-no e lá ficou na sala, onde está ainda hoje, por cima do piano, com uma grande moldura e aquelas cores comidas, castanhas, dos retratos antigos: é um velho simpático, limpo, seco, embora de bochechas, como toda a família e os meus filhos mesmo, tem o cabelo ralo, escovado, branco, exceto numa mancha, ainda grisalha, sobre a poupa encrespada ao alto da cabeça, separando as entradas que sobem solenes desde a testa, testa larga e contudo nada curva, quadrada, sulcada de veias junto às fontes, rugas apenas entre nariz e olhos, sobrancelhas escuras por trás dos finos óculos, metálicos, de pequeninas lentes em amêndoa, pelas quais espreitam olhos semicerrados, ainda muito agudos, inteligentes, fundos, embora já cendrados, atentos numa pele de cera muito pálida, ao menos no retrato de bigode branco grosso denso revirado sobre a boca sarcástica sulcada até ao queixo que, papado no pescoço em que o colarinho embate, nos ameaça com o sulco central dessa férrea vontade; um casaco, a gravata de lado, os ombros fortes, embora recurvados; em cima do piano pesado alemão existem mais retratos, mas o dele os esmaga, tal como ele me esmaga, o avô, fundador da gens, da tribo, o chefe deste clã, patrono deste lar; a nuvem sombreada que lhe envolve a cara é o halo mágico que rodeia heróis e sábios; quando acendo o candeeiro pousado em cima do piano e cuja luz se espalha sobre o grande retrato, parece que o desperto de um sono secular e que ele, ereto, vigilante, me espera, desde sempre me espera; o papá contava-nos bastas histórias dele e o que hoje mais me vexa é que as esqueci todas e delas tenho só este sentir instável, esta pobre saudade; se pudesse ter sido tão firme quanto ele! mas quê, se ao nascer encontrei tudo feito? meu pai nos não soube talvez iniciar, porque sempre também se voltou para o passado, nos amassou à sombra que a ele o amassara e não nos incitou nunca a procurar; aconselhou-nos só a conservar, como compota, o que o avô ganhara, o que o avô fizera, o que o avô deixara; mas o que se conserva, pouco a pouco estraga-se, envelhece, envilece, míngua, enfim se apaga; assim as nossas herdades, o pomar e a quinta e esta casa, que um dia ainda cai; apenas posso aguentar a queda; e meus filhos, que farão na vida? entretanto vou ver como vão os trabalhos (desce à garagem, mete-se no jipe, sai; há um silvo ao longe, quente, nos fios dos postes telegráficos paralelos à estrada; ontem os homens colheram os feijões, lavraram, passaram com a grade longamente por cima, não sentados, como antigamente, mas de pé sobre a grade, depois a pouco e pouco, com novo entusiasmo, traçaram regos e canteiros, tabuleiros na terra, obras de arte, como um grande jardim, deitaram logo as couves e alfaces, enterraram raízes uma a uma, em seguida regaram, regá-las-ão a punho assim dias a fio, por sóis e luas e sóis inumeráveis, por chuvas e por ventos, por calores e por febres, por calmas tempestades, enfim hão de colhê-las, recolhê-las, desbastar a terra dos seus frutos, para que produza mais, adubá-la de novo, charruá-la de novo, de novo e sempre igual, até que sejam velhos, até que um dia morram, uma tarde, e então furem a terra numa vala, mas os seus filhos ficam, os filhos dos seus filhos, os seus netos, e netos dos seus netos, velhos servos da terra, que a hão de trabalhar, fecundar, recoltar, até que um dia, uma tarde, quem sabe o que virá?).

21 TIAGO

De inverno assentava-se nos cômoros da quinta, ao pé da pluvial alcárcova rumorosa e lavada, sob o caramanchão que de chuva pingava, ali ficava horas, de cócoras, formando, paciente, figurinhas de barro, cães, mulheres, cavaleiros, automóveis; amassava a terra com força numa bola, águalmagre corria esguichando pelos dedos, o cu das calças era, em breve, uma pasta de lama; a chuva encharcava-lhe os cabelos, fazia-o tiritar, mas dali não saía nem por nada; estas rudes esculturas térreas estavam ligadas à chuva como as heras às árvores (heras cresciam pelas paredes da casa numa força dispersa, em ramos isolados unidos pela base, braços de um candelabro, ou antes como onda que pela rocha subisse, rebentada, rocha que forma as paredes do forno velho em que o pão se faz há séculos, em volta do qual andam, esgravatando, sujas e agoirentas, as galinhas-da-índia a que, pelo seu cantar agudo, lancinante, triste, o povo chama fracas, do tamanho de perdizes, ou um pouco maiores, mas pedreses e pardas, cabeça branca com massas encarnadas e uma crista sem graça, avançando miseráveis por piteiras e cardos, por entre o canavial alto, de canas grandes, cantantes como pinheiros, ou por cima das belas malvas veludinas alinhadas ao longo do largo muro da quinta) e, quando o sol chegava e as nuvens abriam, embora pudesse continuar aquilo, deixava tudo ali, secando, esboroando-se, junto do raro rastejar duma beldroega (grossos caules castanhos por cima, verde-vivo em baixo, brilhando ao longe num vermelho-cobre, folhas carnudas, flores amarelas curtas, redondas e sem cheiro), não se lembrando mais das esculturas, dos seus altos-relevos, senão quando chovesse; então recomeçava o ritual e obsessão, febril e surdamente; trazia às vezes brinquedos de pasta de cartão, um cavalo cinzento com o jóquei, alegre e leve, pernas escarranchadas, dobradas, muito firmes, podendo separar-se do animal mas sem permanecer de pé se fora dele, como certos homens feitos para uma coisa só e escravos dessa coisa, ele o sabia ou pressentia, através das suas infindáveis viagens; viagens que ele refazia, por campos de fantasia cheios de vales e rios no meio dessa planície, cobertos de florestas crescendo na lonjura, acompanhado das suas pequenas criações de barro; fabricava as figuras cheio de pressa, para que durassem o tempo de uma chuva miúda, que as desfazia em breve; o cavalo também, com o seu cavaleiro, foi tragado pela chuva e pelo tempo, desbotadas as cores, olhos azuis sem nada dentro, o corpo mole e muito peganhento, como lesmas que, quase imóveis, surdiam sós da terra, das moitas de giestas, das ervas, das pedras, um rasto de ranho bolorento atrás, passando sobre os musgos e palhas orvalhadas; e um dia lá ficaram, cavalo e cavaleiro, um ao lado do outro, derretidos, deitados, rodeados da corte de cães latindo à caça, de dianas despidas sem anatomia, de delfos e deusas sem nome nem passado, casas com chaminés e portas, sem janelas e rasas, como as casas dos montes, em frente às quais passavam mulas e automóveis, automóveis sem rodas, um bloco só de terra, compactos e pesados, agarrados ao solo como calhaus ou árvores, porque no Alentejo, para ele, Tiago, também nascem da terra, do próprio ouro da terra, os automóveis; com a chuva ficavam transformados num queijo, quando o sol voltava e os endurecia ninguém adivinhava o que aquilo fora outrora; ele só o sabia e sorria por dentro; relembrava a mulher, fazendo e desfazendo a sua longa teia, e esperando talvez também mas sem saber o quê; exilado sem exílio, um pouco o menino doente sem sofrer de nenhuma doença, era o benjamim, o filho mais novo, aquele a quem os deuses dão sempre qualquer coisa, um sorriso, um olhar, uma cor dos cabelos, uma estranha mania que os pais, já não novos, porque tiveram antes filhos e cadilhos bastantes, e tiveram abortos, nados-mortos ou mortos na infância, discussões e discórdias por causa dos mais velhos, os pais amam com amor um tanto póstumo, cego de todo (todo o amor é cego, diz o povo, quem muito espreita não ama, quem muito ama não vê) e teimoso, amor não de pais mas de avós; assim Tiago, triste, para a mãe o mais belo dos rapazes e mesmo mais que a irmã, que tem em todo o caso uma certa beleza, anódina e secreta, decerto nos grandes olhos, talvez na testa alta, a qual, observa o pai, lhe vem do bisavô; a Tiago fora dado, contudo, um brilho diverso no olhar, uma boca mais desenhada e aberta a dentes regulares, pontiagudos, estreitos, direitos e tão claros, sob o firme nariz, as orelhas largas, uns cabelos compridos e sedosos, uma alegria, que a um adulto que o olhasse perturbava pelo que tinha de graça perdida; parecia um pequeno deus na sua blusa branca com um friso de renda pelos ombros, era um velo dourado, a cabeleira loura, de pescoço cingido como um príncipe russo; quando, mudo, empapado de sonho à chuva, entrava sem ruído pela cozinha (recorda a mãe agora, sem querer quase, ao levantá-lo), era uma espécie de poeta desgraçado, a quem contudo os olhos insistem em sonhar.

22 JOÃO CARLOS

Estou sentado e estudo esta coisa certa e definitiva: o preço como elemento essencial da compra e venda; a manhã aberta entra pela janela no ondear já quente das cortinas; penso em outra coisa oclusa e breve completamente diferente da que estudo; um largo prato de barro serve-me de cinzeiro, posto no chão; em propícia posição para meditação, medito nesta verdade de estar vivo e dentro duma vida que, contudo, me escapa, vera vontade, pressa de com alguém falar, ainda que sobre nada; entretanto vou, com insistência, sublinhando as palavras *pretium certum justam verum* e em dinheiro; palavras antigas (*antiquo*, na votação dos comícios romanos, significava não, negação, preferência pelas leis antigas) como as que lembro: *at ipse respondens, ait: qui intingit mecum manum ira paropside, hic me trad...* e se alguém neste momento entrasse, o que teria para dizer-lhe? talvez apenas só: a estudar qualquer coisa; e, de cima, dir-me-iam: pois então, o costume; e eu repetiria: o costume pois; mas eis que oiço na rua, um pouco ao longe, para além do quintal que me afasta do mundo, uma voz arrastada, fina, frágil, que me envolve de paz: anda filho, vamos mas é para casa, anda mais depressa que a mãe não pode com o saco, anda filho, anda depressa, que o pai quer o almoço e não o tenho ainda, e não te pares assim constantemente no caminho, anda filho, anda depressa, dá-me a tua mãozinha senão o lobisomem leva-te, anda, vamos para casa; e os passos a par se afastam, pela calçada que sobe, cheia de som e eco da manhã que também, a custo, a pulso, sobe; com ela me volto, em solidão e difícil harmonia, para uma condição de estudo e de universidade; a universidade é um conjunto de edifícios novos, arrogantes, pretendendo-se belos, ali em pleno campo raso, verde durante grande parte do ano; ponta de Lisboa apontada ao futuro incerto, de dentro das suas vísceras velhas; velho gueto repressivo, carreirismo, inutilidade, autossuficiência vil, senil; quando se chega a pé ou de autocarro, a certa altura vê-se de uma só vez, à esquerda, ao fundo, em, digamos, terceiro plano, o hospital escolar, pesado, monolítico, imponente, com essa preocupação monumental de todos os prédios totalitários; num primeiro plano lateral, a faculdade de direito, as suas formas cúbicas sobre o jardim deserto, a arcada rígida, baixos-relevos pobres na parede, com os eternos símbolos de cega justiça e barriguda família, os desenhos do átrio, humorístico-hieráticos, do Almada, com clássicos juristas desde Hammou-Rabi (2000 a. C.) até Heráclito e Pitágoras, Paulo e Agostinho, Rómulo e Remo, Apio Claudio e decênviros, os cinco da lei das citações, Gaio, Papiniano, Paulo,Ulpiano e Modestino, e por aí diante, até aos portugueses; entre esta faculdade e a reitoria (comprida a todo o equilíbrio do frontão com janelas, com míticas imagens laterais de Capricórnio e Câncer) salta a mancha de cores encarniçadas outrora vivas da cantina, de fachada de vidros, mas fechada pela polícia, tendo uma escultura quase abstrata à ponta, formando, para quem olha, um segundo plano de fundura; finalmente, à extrema direita, no plano mais próximo, onde o autocarro para quando chega, a faculdade de letras, espelho da de direito, com figuras da dita cultura humanística, um tanto desesperadas, talvez porque sobressai D. Quixote e o Pessoa "menino de sua mãe" contrastando com a estátua de D. Pedro, o v deste nome, no pátio ajardinado; anda por ali perto o cheiro disperso de uma refinaria de perfumes, junto de barracas de lata e do hipódromo onde pelas manhãs limpas como esta, à nitidez branca do sol, vibrando suaves sobre a relva, ante as bancadas vazias decadentes, cavalos e cavaleiros saltam leves; agora está mais quente, está mesmo já calor; há um silêncio abafado para além das portas, a luz tomba lá fora sua danação dura; saber o que se passa do outro lado do muro, na Europa, na rua; do céu escorre o sono e uma sede sem tréguas nem remédio, sede da noite e do sonho (primeiro Osíris, o sol, é derrotado pela noite, Set, porém a esposa-vaca-lua, Ísis, vem procurar, pálida e triste, o seu cadáver frio e enfim o filho, Hórus, sol-nascente, vinga-se e vence, nasce, vive, esplende e uma vez mais o astro magno impera), como se em cada voz imóvel não houvesse senão angústia e medo, velhice, morte, sofrimento, como se em cada folha de árvores ardesse um fogo oculto, feito de calamidade e inclemência, cheio do terror da desgraça e do pavor do tempo, como se em cada telhado pardo e áspero, com ervas nalguns beirais, e no volume cegante das paredes, o espaço entre os objetos fosse inexistente; comunicar com a imensa vida que sob o sol aquece; conhecer o prodígio, a verdade e a graça de estar integralmente vivo, de ser um com o todo e, o mundo mutante amando, deixar o desespero para ninguém; no jardim da quinta há uma magnólia e uma palmeira, ao longe passam as estradas pesadas de silêncio, o sol derrete o alcatrão que parece um grande espelho, o mar do meio-dia; mas perco-me no isolamento, perco-me no rio que corre em mim, o seu correr afoga-me, e no entanto é calmo e cavo o seu correr; o Alentejo é seco, seco, é seco até à morte; mas a sombra agora, no rio rolante da minha consciência, soberba cresce, envolve-me dum sabor acre e fresco a tijolo e a tojo; estou vivo, vivo, chiça, e as nuvens avançam, muito agudas e brancas, espadas cortantes; em baixo, junto da linha do comboio, os pinheiros crescem em massa verde velada do amarelo de suas flores compridas feias e erguidas encimando-os como a um bolo de anos, as casas foram pintadas de ocre torrado, cor de terra, quase castanho junto ao vermelho vicejante berrante do rodapé e porta; janelas não existem, a casa é um poço; aqui, no quarto, todos os atos ficam longe e nada de fora se percebe, a estante está aí afundada por entre as manchas moventes do sol nos reposteiros; os títulos dos livros aparecem truncados, apenas se distinguem soltas letras ou conjuntos de letras.

23 MOISÉS

De volta da sua missa, o velho Moisés vem conversando, muito calmo, com o calvo sacristão da ermida, o seu melhor amigo, ainda mais velho que ele, pálido, claro, alvo, olhos contemplativos, talvez de, desde sempre, do cimo da ermida, olhar tanto para longe, para árvores e montes, para casas e coisas, paisagem azul-acinzentada e longa, ao longo das estações, inverno, verão, que passam como águias-reais sobre eiras e azinheiras e estradas a direito e verdes searas versas adivinhando o, por trás do horizonte dos outeiros, grande mar, olhar sem pressa os poentes distantes, ocultos numa névoa que é calor no verão, canícula, tremulina, trovoada de inverno, e no instante em que o sol se enche de sangue tocar no sino frágil umas ave-marias que o largo vento afasta, dispersa e logo apaga, alto e cortante senhor do mundo, sem levar aos casais o toque milenário quando o fumo se eleva sobre a vila ao fim do dia; a ermida é um silêncio do sol, tão próximo do céu como dos homens, com varandas rasgadas donde o espaço é palpável; todos os dias ali pessoas pagam promessas a um Deus que as não ouve e que perseguem; na sacristia há tranças, mãos de cera, pés, retratos de família, efígies de soldados e quadros feitos de povo, com a cama, o doente (uma mulher às vezes, sofrendo as dores de parto, a barriga subindo debaixo dos lençóis, grande matriz de plebe, orbe fecunda e pródiga da terra) e enfermeiras de coca e a bela Virgem envolta numa nuvem, descendo num voo fácil pelos muros do quarto, ante a família aflita e cheia de surpresa, e em verso legendas com erros e verdade: à santanossassenhora por me ter livrado de finar estando desinfeliz penando as dores do parto; é uma linda ermida, um lugar santo, mesmo não tendo nada dentro; templos perfeitos sem razão, que gostamos de olhar e em que estamos bem, fiéis a nós mesmos e à nossa miséria, formas belas em si, cuja só substância é serem belas, sem porquê; há na frente da igreja um enorme azulejo, igual aos que há lá dentro a todo o comprimento da parede, junto da qual existe uma arca fechada, ferrada, negra, tendo quem sabe o quê, peste talvez, ou trigo apenas, e duas redomas sobre mesas com presépios de barro, com minúsculas figuras que encantam os meninos, de nariz contra os vidros e na ponta dos pés; em qualquer ponto da parede alguém escreveu à faca uma estranha e solitária, ou estranha porque solitária, palavra:

SEMPRE; a palavra estende-se e demora, alarga, alonga-se, dilata, imensa, igual à própria planície, estepe que não finda; fala do Alentejo, do seu grande torpor, daquela ermida ali rodeada de montes; por isso, ao soletrá-la, a voz sai arrastada, lenta, grave, e contudo cantante, dizendo a duração do mundo, voz inominável e sem face do que ainda não é mas olha longe; assim a ermida, assim o seu solitário habitante; chama-se Simão ou Simeão, aquele que ouve (porém não como Samuel), o que às tardes se senta sobre os montes e escuta o som do sol e ouve, e ouve; falam, ele e Moisés, de coisas misteriosas, tão simples, quase incríveis, solenes de solidão e de sossego; são velhos, tanto que a fala deles se assemelha ao vento, e quando se separam parece que é para sempre, ou que de facto nunca se separam, em sua serena idade; ao longe, tanto quanto na vila existe longe, um comboio parte (para onde?) e isola-os, e à vila, da história, em estória metidos.

24 ANDRÉ

Este hábito de ficar, durante as férias, toda a manhã na cama; no quarto, de janelas fechadas, ainda é noite, e eu durmo e acordo a cada instante envolto em sonhos; era uma torre, um escuro arranha-céu em obras, com escadas e cubículos, corredores e quartos, e uma confusa peregrinação de padres e de freiras, uma muito bonita, subindo e descendo, procurando algo, era, parecia-me, um internato, talvez um colégio inglês, ou as traseiras duma casa, havia jovens mulheres, salas de aula, auditórios, contínuos, porteiros e gente entrando, saindo, debandando em automóveis pretos, sol lá fora, árvores, parecia dia, contudo de repente era já noite, húmida, fria, soprada a nevoeiro, em que as luzes do bairro escorriam inchando, eu estava lá, presença anónima e para todos anódina, olhando tudo e não colaborando, caminhando porém como um forçado, uma alma penada por caves de castelo, era um subterrâneo tudo aquilo, sem ar e com o desconforto de pedras sem reboco pelas paredes, tal um palco ou antes os camarins dum teatro, nada havia que se lhe assemelhasse, era um lugar de fábula e eu corria, caminhava rápido, cada vez mais preso duma infinita pressa, tomado de pânico de ir morrer, apertado de angústia ou de que outra coisa? desejo, medo, ódio, sentimentos para os quais não existiam nomes nesse sítio distante, amargo, disforme, doentio, perturbado, da memória da morte que me agita, mas vejo finalmente uma porta entreaberta, gente passa, não para, agora quero entrar, escancaro-a com raiva, num gesto de clareza, sim era o que eu esperava, ela ali me aguardava, oferta fácil, era ela e o leito obsceno aberto e, contudo, que desilusão ou desespero me entram na pele e me agoniam, que vasca, que terror, que desespero, dispo-me, ela deita-se; pede que a não magoe, parece estar cansada, talvez ferida no sexo, chama-se Carmen, diz, e eu não sou José, sou tão, tão outro que, quando a possuo e acordo, tenho pena; mal acordei já o outro ali estava, Jacob ereto, rígido, austero; olhava-me do alto da sua face branca, sorriso ao canto, e eu via nos seus olhos a minha maldição; eram uns olhos fulvos dum fulgor de fuligem, aterrado e imóvel, poderoso e percorrido de tristeza, jogando em seu cruzar a minha velha sorte; foi este o meu batismo entre confusas ruas, com raras vozes nítidas e passos sempre longe, as linhas dos telhados cheias de escuridão, vago pavor antigo, com umas tantas luzes crescendo nas fachadas, quentes e imprecisas, por trás das quais, espectral, a rotina ressona ou se deita cansada ou rarefaz os gestos pesados de acordar; de noite a vila tinha, vista assim, a grandeza da noite; as cigarras e corujas costumadas não se ouviam; os galos de momento não cantavam; só cães ladravam e se respondiam no espaço sideral; entre o estalar das árvores, dos muros e dos móveis de quando em vez surgia então a rua alta, próxima do castelo, própria pelo seu silêncio para a prostituição; havia uma irritação cansada e muito oclusa nas vozes das mulheres, que durante o dia todo pouco saem e toda a noite esperam; havia a chaminé onde cozinham e no inverno se aquecem e a mesa sobre que comem e onde os homens, chegados dos montes perto, se sentam, conversando, e elas nas suas pernas, mexendo-lhes no sítio até que se decidam; depois sobem a um dos quatro quartos, nos quais de dia dormem ao lado da patroa e em que luzes vermelhas dão relevo às cruzes, crucifixos e santos e camas preparadas; num dos quartos ficava a noite toda acesa uma vela diante de uma santa, e aos vinte escudos líquidos que rende cada venda, tirados outros vinte que à patroa pertencem, todas as semanas eram descontados mais de cinco tostões só para velas de cera; era o quarto dela, da que se dava pelo nome de Carmen, la de Ronda, mas todos sabem que, tal como com as freiras, muitas destas mulheres preferem nomes falsos, a fim de que a família as não encontre; eis que ali estão, escutando telefonia, fumando, fazendo malha; soltam às vezes gargalhadas tristes, até ternas, comovidas, olhando para Carmen, pois Carmen é de todas a mais bela; e amou um dia, mas não eu; não se sabe porquê, disseram-me, ela enforcou-se há tempos, na trave da chaminé, com um lençol da cama; acordo; que loucura, que absurda Carmen esta; estou cansado, cansado, o sono mata-me; Carmen, minha imagem, devo amaldiçoar-te ou não? tu és a minha morte, este cancro que cresce com o tempo; quem sabe o que o amor constrói na sua ausência? um delírio insano e sem proveito; hoje tudo perdi e nada mais me resta; por isso quero perder o que já me perdeu; por isso peço e odeio na mais triste das esperas; sei que a vida me destrói lentamente e com medo;

pois que venha, que a quero, essa sombra tão lenta; e que a morte me leve para donde não regresse; mas que ao menos exista o fulgor duma vez; a febre, a fome, o frio em mim se deitam, e temor e horror são os meus companheiros; entro na igreja, sento-me a um banco ao fundo, olho o altar e fico; em breve, porém, murmuro a meia voz, em lugar de rezar: sobre uma mulher nua penso em deus, e eis que na casa do deus uno desejo a mulher nua; adormeço; acordo; velo, durmo, sonho, lembro; apesar do sol, o dia não tem luz; é como um negativo ou um eclipse, noite de nove meses; que me falta? que sol? por que me tornei demasiado velho depois de ser criança? por que não serei eu nunca um homem novo? durmo, velo, sonho, lembro; a vida é isto: tempo.

TARDE

25

A mata de eucaliptos é um silêncio de mar ao meio do dia; meio-dia, hora branca, meio-dia para todos, almoço para quem no tem; o deus do caos não tem aqui lugar, no seio dos eucaliptos acenando do alto uma luz de presença e de rumor do sol; perto cresce o viveiro dos eucaliptos finos, pequenos, frágeis, plantados com cuidado durante o ano anterior, e dos pinheiros semeados que já com força cresceram desde o ano anterior ao anterior; igual a golpe de machado certeiro e muito seco, estala um distúrbio ao longe de entre os ramos, um vibrar de asas ao vento ou qualquer coisa de larvar com pelos germinando; é o fogo; vem sobre seixos levantando à passagem o descompassado e muito antigo ruído de animais dentro da mata; nas águas houve círculos de peixes, um touro chorou dentro do mito, um cavalo com as crinas testeiras incendiadas e o peito branco de suor morreu sob uma nuvem; o fogo cobria a terra e o ar as águas, cópulas dos elementos longas lentas; dizem que o chefe que escapou ao fogo não voltou; um touro o levou e não o trouxe; o seu gémeo e ele no ventre da virgem ficaram para sempre; o fogo estava ali, porém vinha de sempre, desde quando a terra se vestira de gente, de faunas e de floras, de florestas; no instante do fogo o medo se apossou dos homens da planície, a quem os deuses Ataegina e Corneus desapareceram; foi certamente então que vieram estrangeiros e lhes tiraram tudo, violaram as mães, estupraram as filhas; depois do fogo não mais nasceram sémenes das flores, as serpentes fugiram para as águas, os seus olhos não mais arrebataram aves, e os gatos solitários miaram para ninguém; as águas infiltradas queimaram as raízes; porém foram plantadas muitas cruzes e elas frutificaram amplamente; dum lume assim nasceu o mundo, e nele restam hoje horizontes de fogo; mar de fogo; o fogo; pelas manhãs de verão, quando o calor fatiga como agora e na vila a gente se recolhe à sombra, ou em noites varridas de invernos e de ventos, quando em volta das braseiras se juntam as famílias (a pata do vento cobre a vila, com chuva nos telhados e a névoa, fantasma mudo, corre as ruas desertas, brilhantes de humidade, por onde passos fogem ao silêncio das casas; medo que tudo invades e tudo deixas morto, a alma, se ainda existe, está nos corpos fechada, com gordura por cima, e braseiras e sono), o tempo já não é "número do movimento" e a ordem deste, o ritmo, não é mais, pois tudo está aqui como preso da morte; a vila dorme, dorme; quem imagina a vida de tantos seres pequenos, sem interesse e contudo querendo ser humana? o mísero empregado de cartório, de armazém, que à noite, sob essa luz mortiça distante sem calor do teto, escreve e labora contas que os mortos só conferem, se conferem; ele trabalha, no seu trabalho sórdido, despido de projetos e de esperança, para um certo senhor invisível, sem nome, que o vigia e domina pelos olhos da fome; sai do emprego tarde, gelado, sem paixão, aguentando a vida na sua iniquidade; para quê este trabalho, para quê estes escravos? (escravo, não te esqueças que és escravo, que a tua condição não é certa nem justa, antes velha, destrutível, imunda; não hesites, que o tempo não consente a hesitação; não penses na mulher nem nos teus filhos, mas só nos filhos dos teus filhos, nos netos que nascerem quando estiveres já morto, e que nascerão livres se quiseres; crê, escravo, quer; não adormeças de tal modo que um dia acordes escravo para além da morte; não confies nada à eternidade; o tempo não consente que continues dormindo pelo eterno adentro; acorda, vive, vê; não te enroles no sono como na mulher quente; não te esqueças do tempo; que te lembres a tempo; põe o despertador antes das sete; estamos na primavera e às sete é dia; toma cuidado, não acordes demasiado cedo; é preciso, porém, estar preparado antes de vir o dia, e ouvir os mais pequenos movimentos da noite pesada de seus velhos monstros paquidérmicos; é necessário que durmas vigilante, descanses desperto; saibas o sabor negro do tempo; e que sejas por fim o próprio tempo) o senhor será sempre senhor, enquanto for; longe, talvez, nas remotas cidades, homens lutam e esperam por qualquer coisa outra; é possível, e achamos até que fazem bem; mas nós, os que aqui vegetamos enterrados há tanto, sujeitos a esta rotina sem apelo, por que esperaríamos senão pelo jantar? (deus, tem piedade dos que arrotam de fome, salva-os ao menos, como esperam, desta pocilga, lá, em outra parte; porque, se para isto os fizeste, criaste, que havemos de pensar de ti senão bem mal, que podes limpar as mãos da bela obra feita? que ao menos o jantar não esteja hoje salgado, e que a chuva e o vento acabem cedo, e que durmamos esta noite em paz; que ainda assim as nossas digestões sejam mais fáceis, e que o almoço de amanhã não esteja, azar, salgado) subitamente surge um silvo de sereia crescendo e decrescendo entre os muros da vila; é o fogo, desastre, faísca verde que caiu num montado e o incendiou a salto; bombeiros acorrem, levantam-se se dormem, interrompem a merenda, o almoço, o jantar, deixam os seus trabalhos e, sem se perguntarem quem defendem, correm para o quartel, vestem-se e partem; os miúdos os seguem, vão gritando; a vila agita a vida; Jó os segue também, pede que o deixem ir com eles, vai com eles; os carros compridos atravessam a vila buzinando, tocando, com o jipe e a maca de socorros atrás; o fogo agita a vida; e a vila acorda, vive, nasce sob o batismo inicial do fogo.

26

Jó, durante as férias, nada tem a fazer, procura distrair-se sem plano ou utilidade, como calha; vai à rua, ao quintal, fica em casa de volta dos trabalhos escolares, pois no colégio particular que frequenta passam trabalhos para férias, exercícios de física, matemática, retroversões e mapas, todo um mundo de pequenas tarefas que lhe não permitem descansar; coisas mesquinhas, irritantes, em que não encontra interesse nem vantagem, nada o esclarecem sobre a vida, nada lhe dizem sobre seu mistério, lhe são alheio árido deserto; gosta um pouco de ciências naturais e de gramática, e como tem de escrever um trabalho acerca do Universo, resolve-se então: Segundo sabemos, o Universo é constituído por um sem-número de astros, que se dividem em estrelas, planetas, cometas e nebulosas; das estrelas, que constituem a categoria mais numerosa de astros, podemos salientar algumas pelo maior brilho ou maior tamanho: a estrela mais brilhante do nosso céu é a Sírio, de primeira grandeza; em extensão distinguem-se a Antares, uma das maiores, seguida da Betelgeuse, da Arcturo e, por fim, do Sol; nas estrelas não se pode estabelecer relações de dimensões devido às suas variáveis distâncias da Terra e intensidade luminosa; dos planetas, a ordem de tamanho é a seguinte (do maior para o mais pequeno): Júpiter, Saturno (com o anel), Neptuno, Urano, Terra, Vénus, Marte e Mercúrio; os cometas podem ser periódicos, quando voltam a aparecer de anos a anos, e não-periódicos, se aparecem de uma vez para sempre; os periódicos descrevem curvas fechadas (elipses) e os não-periódicos curvas abertas (parábolas e hipérboles); como cometas periódicos conhecemos o Halley; o de Biela, igualmente periódico, foi desfeito em 1846; em 1956 apareceu um novo cometa, no mês de novembro, que despertou grande interesse; as nebulosas principais são a Via Láctea ou Estrada de Santiago e a nebulosa espiral da Ursa Maior; as estrelas podem agrupar-se em constelações com as mais variadas formas; as principais constelações visíveis em Portugal são: Ursa Maior, Ursa Menor, Cassiopeia e Órion; a Terra, que faz parte do Sistema Solar, é essencialmente constituída por terras e por águas; ambas têm movimentos quase constantes; os movimentos das águas são as correntes marítimas, as ondas e as marés; uma das principais correntes para o nosso continente, a Europa, é a do Golfo ou *Gulf-stream*; as terras têm movimentos sísmicos, que se passam às águas, e vulcâ... Foi ao escrever esta palavra que soou a sirene e Jó saiu.

27

O fogo começou por volta do meio-dia, disse depois o guarda, mas, longe como estavam da vila e sem nenhum transporte (só a velha carroça), nem sequer telefone, o rapaz que veio a avisar fê-lo pouco faltava já para a uma; a sirene tocou, tudo inundou na vila até ao cimo do castelo com seu silvo, em três minutos estava pronto o primeiro carro (os bombeiros vestiam-se pelo caminho, no calor da pressa, gesticuladamente perguntando palavras perdidas logo ao vento; o sol braseiro e a febre deles rastro vermelhoscuro perfurando a estrada) e, nos sessenta segundos seguintes, partiram mais dois carros e o jipe dos comandantes, homens maduros, idosos, obstinados, dos tempos da República, entregues àquilo como a um dever de luta pela sua oposição, companheiros do povo e, no entanto, salvando como escravos celeiros e latifundiários; à uma estavam lá; viram de longe o fogo, fero, irado, constou que começou na mata, no pinhal, não se sabe bem como, cobriu toda a seara num instante, alastrava agora pelos campos, pelos cabeços, era por certo mais que um quilómetro em chamas, era grande, gritavam os bombeiros desvairados, na certeza duma luta temível, que durasse por horas e talvez todo o dia; pastos e terras de pousio ardiam com um fumo violento, quase negro, de ervas novas crescendo, curtas, juntas, junto à terra marcada do inverno; fora duro, o inverno, choveu até abril, carqueja crescia crespa e firme; até nevara, três vezes, em janeiro, o que há anos já não sucedia, no Alentejo; fora um inverno estranho, e de tal modo, que, por dizer assim, não houve fogos, durante meses a fio; agora porém vinha com força numa crista de fogo e como que de raiva; a charneca ali, centrada nessa chama, entre a terra cinzenta e um céu cor de nada, era bem a paisagem de um indizível ódio; por entre os ramos de pinheiros, içadas caudas aéreas de pavões, uma luz dourada e peneirada entrava, pólen, até às ervas cirrosas de caruma brilhando pelo chão; as pinhas eram como ovos de aves, e os cimos das árvores, batidas ao norte a vento, fletiam troncos fortes; o tom verde-castanho do pinhal, a sua paz marinha, foi invadida dessa fúria crua, dessa raiva viva, nítida, de um fogo ali pegado por alguém ou por algo; por quê ou quem, era a pergunta esboçada na pressa da ajuda, nos preparos; também Jó, de cima ainda do carro, se interrogou sem querer numa voz alta, ante as labaredas largas: quem? depois desceu do carro, desanimado, lento, caminhou, os olhos amarrados às chamas, pela rua do monte, para mais junto do fogo; viu logo o feitor vir ao seu encontro, chegar junto de si, um ar senil, servil, chapéu na mão, camisa sem colarinho, aberta como o colete e em suor alagada: que desgraça, menino, que desgraça, isto ou foi algum descuido ou: ou quê? perguntou Jó um tanto distraído olhando as chamas escapando-se, azuis brilhantes, amarelas, brancas, as copas dos pinheiros bravos estalando contra o espaço tremido como algas; entre o monte e o fogo havia movimento, gritos, gestos, trejeitos, homens buscando água; mas a água, só podiam tirá-la do açude, e esse estava atrás do sobreiral; urgia chegar até lá com mangueiras, transpor essa distância, seca, sem sombra, cor do fumo e do calor, entre o pinhal pequeno e as ravinas de areia e de cimento; foi o que o feitor disse, e partiu a correr, depois de perguntar a Jó pelo paizinho; ele, porém, sabia que o pai saíra ainda cedo, mas para onde não, para qual das duas herdades; as herdades ficavam bastante separadas; e novamente Jó permaneceu imóvel, olhando essas manobras, esses homens que entravam pelas pontas do pinhal, apareciam de súbito em raras zonas de luz, depois desapareciam, aflitos, inquietantes, mudas imagens de antiquíssimos espíritos dos bosques; Jó via tudo e todos duma zona distante, do seu mundo ainda mítico, de adolescente, mesmo criança quase; o que via era-lhe apenas sem memória, ausente até ao vácuo; via aquilo, ali, desde a rua do monte, entre a pressa dos homens e a sua impotência, sentia que nada poderia fazer; tudo de mais novo, de mais cheio de estranho, para que cada gesto não fosse pesadelo; um pesadelo inútil esforço inoperante; Jó vivia para dentro, o seu medo era outro, pertença só desses sonhos despertos, dos sonhos vigilantes; no seu medo não cabia o que era do medo externo, do medo real dos homens, do fogo, violência ou guerra; porque era bem uma guerra, essa que ali corria; guerra de morte entre homens e os seus sonhos de terra; entre dinheiro, fortuna e a vida futura; o seu era um fogo íntimo, numa floresta interior; era o fogo consumindo a calma da adolescência que sabia sem saber com sua paixão feroz; paixão voraz e feroz, atroz enquanto relembra como as coisas se passaram, a sua amarga aflição ao ouvir dizer, no momento em que os bombeiros partiam nos seus carros, se afastavam do quartel em que se juntara gente, que o fogo era nessa herdade, dos Cantares, e entre correr a casa e avisar, o que era de facto inútil, porque já saíra o pai, ou ir com os bombeiros para ver, foi, mudo e excitado ao encontro dos grandes muros brancos do monte, caiados em nitidez e em cegueira, nus, abertos, expostos à solidão da terra deserta, sem árvores à sua volta a não ser o pinhal pequeníssimo ao fundo, à esquerda, em cujo cume, nos cimos amarelos das flores dos pinheiros como velas de cera, as chamas se lançavam contra o longo pano claro das paredes e telhados assimétricos, o calor do dia e do fogo era mais espesso, duma espessura que formava na garganta um nó de náusea, de vasca aflita em que Jó mergulhou como num banho quente, mergulhou devagar, enquanto o carro cheio se aproximou do monte, aos solavancos sempre, mergulhou tão exausto e sem vontade que, quando o carro parou e os bombeiros saltaram, puxaram das mangueiras e dos cabos, ele ficou imóvel, melhor, imobilizado, dentro dum pântano de espanto; nos telhados havia chaminés, porém inativas, mortas, todo o fumo saía do forte fogo perto, da seara de trigo que, passando o barracão aberto, sem reboco, onde guardavam as alfaias, chegava, rasa e rala, pelo vale e pelo cabeço que sobe desde o monte, até junto da linha de chão charruado onde os sobreiros cresciam, cheios de sombra; em volta se juntavam os gritos dos do monte, feitor e seareiros, e mulheres, e ganhões; os poucos eucaliptos foram logo destruídos, bem como o seu viveiro; do pinhal também pouco restava; mas Jó, ante o fogo crescendo de fúria e de fulgor, permanecia incapaz, escutava-lhe o estalar, a terra à volta tornara-se cinzenta, verde-negra, floresta calcinada, carbonizada, fossilizada já, ele ali tinha o fogo, comendo-lhe a própria carne, a da família, do clã, ao qual no fundo se não sentia ligado nem sequer pelo protesto, porque o protesto era por enquanto em excesso.

28

A sirene e o fogo, assim sem mais nem menos erguendo-se na vila, com o sol que, ainda, desde manhã se ergue, levantam em Moisés mais lembranças de outrora; recordações distantes e talvez difíceis de situar precisas no seu próprio passado, se alguma coisa aguda, dura e tão feroz como a que foi de facto, as não viesse com toda a precisão circunscrever; há metade de século, naquela grande primeira guerra, ficou-lhe nos ouvidos o grito das sirenes, o perigo iminente; corriam para a sombra dos pinhais quando qualquer abrigo não existia perto, pinhais de França, desconhecidos, húmidos, incertos; nas matas se escondiam, lúgubres lobos famintos, aí ficavam horas ou semanas; crescia-lhes a barba, tornavam-se calados, trabalhavam em máquinas e tanques; ele, Moisés, ao ver que não escapava, porque foram chamados muitos do seu ano, resolveu oferecer-se, voluntário, o que lhe dava um melhor salário e uma possível posição longe da frente; mas há algum dinheiro, alguma segurança, que compensem o risco ali corrido sempre? ouvia tiros e cair de bombas, os olhos lhe ficaram inundados de chamas, viu companheiros semelhantes a sapos ou cães, desfeitos, gaseados, delirantes; como pagar o preço dessa morte? não ficou lá, é certo, mas só porque afinal nunca teve de ser; outros ficaram, outros, talvez merecendo menos, mas quem é que a merecia, essa maldita mais que todas as guerras? porque essa fora a em que lutara, aquele fora o risco que correra; talvez os chefes só que a começaram a merecessem; não é fácil esquecer os muitos que ficaram debaixo dessa terra, sepultos solitários, interditos, entregues a um destino que jamais pediram; por isso Moisés pensa: quando oiço a sirene tenho de novo medo, quero esconder-me à pressa em qualquer lado, deixando tudo fora, todos se necessário, mas salvar-me eu, pordeus, a morte é o demo, e às vezes penso mesmo, embora já não hoje, que, se o filho que (não) tive estivesse perdido, no coração da guerra, e eu não pudesse mais que morrer com ele, e não salvá-lo, ficava onde estava, porque a morte é só nossa.

29

Deve ser meio-dia e eu na cama, diz para si André, envolto nesta vontade de só sobreviver, bem para além dos corpos de que me sinto alheio, dos corpos cujo erotismo insisto em procurar, dos corpos cujo corpo quero ser, para além do mundo que não olho por me saber de fora e por, ao mesmo tempo, ter perdido a pureza do começo; depois da dissolução me assalta uma urgência de claustro, invejo as casas e castelos isolados, os palácios e conventos que são sempre, mesmo quando no meio de uma vila ou cidade, solitários lugares embalsamados ao peso do passado, em que tudo cristalizou serenidade, em que coisas e gentes existem para sempre, apetece-me só pegar em tudo isso, mitos e musas e imagens, pinturas sobre tela e sobre gesso, e levá-los para casa, construindo um sacrário dessacralizado, metê-los no meu quarto e olhá-los, tê-los fixos nos olhos e dormir sob o fixo olhar deles, e vencê-los, e sê-los; ignoro contudo se (e até suspeito que) isso (não) é possível; quero dizer exatamente que suspeito que não; mas que fazer, enquanto a certeza não for mais que apática suspeita? a dúvida arruína-me, há estórias que por mim dentro furam minas; só sei que enquanto me não vir de todo livre delas, não serei nunca novo e novamente livre; quero partir, deixar pais e país, fantasmas do meu espírito, e ter alguma vaga, longínqua, vária esperança de um regresso longínquo; pais e filhos sucedem-se em ciclo sobre ciclo; eis que imagino ou sonho, no meu olhar aberto, um filho ignorando o pai, tempos distintos, adversos, duas idades opostas na história do humano, dois andamentos, adágio, andante, da mesma dialética ou de acerbo concerto; até que, assim inesperadamente como tudo na vida que, bem no fundo, nunca nos pertence, o pai se suicida não se sabe porquê e o filho se interroga sobre aquilo; talvez que afinal também o pai soubesse do abismo, ou apenas soubesse que algures existe abismo; e o filho se interroga e se interroga, sem resposta; porque não há resposta; talvez que o pai sofresse, amasse, odiasse, na distância do seu isolamento, mas agora está morto, não resta senão a inútil, infatigável procura desse tempo que, contudo, mesmo se encontrado, será e terá sido sempre um tempo de doença (sei que estou doente e não tenho remédio, que fazer?); o pai portanto morto, suicidou-se, é impossível perguntar-lhe, pedir-lhe a solução, querer travar com ele um póstumo diálogo, agora que podia, estando do outro lado, deixar de ser um estranho, um estrangeiro, inimigo talvez, cada vez mais perdido; e essa pessoal dificuldade era agora total, era agora perfeita; e temo que ela o seja desta vez para sempre; que fazer? temos sexo, usemo-lo; temos mãos, trabalhemos; que a nossa lamentação ao menos seja um canto verdadeiro; tenho asco e tristeza quando o penso, mas se não pensasse isto tê-los-ia na mesma; pois pensemos; a salvação não está senão em mim, no meu sexo, no prazer, ou num filho talvez; se fui talhado para pertencer ao medo, se um pânico me come e me alimenta, seja eu enfim eu mesmo, e não sem desespero; seja eu para mim um homem, e um deus que se ergue do seu leito nas trevas; são horas de levantar-me, horas de tentar ser; ser, sendo.

30

A mãe, pelo meio-dia, dando voltas à casa, desarranjada ainda e um pouco desgrenhada, só com o robe em cima que lhe não esconde o volume do ventre, vai conversando com as criadas, monologando para si, numa voz de surdina: quando vivíamos no monte, os meus pais e irmãs, a vida que levávamos era calma, agradável, nada que se parecesse com a atual; fazíamos malha, dávamos longos passeios pelas tardes quando descia o sol e as sombras das árvores se alongavam, criávamos galinhas, bácoros; tínhamos essa charreta da velha égua Flecha, ruiva, de crinas claras, as patas e a testa brancas, todos os anos prenha; voltas que duravam até ao anoitecer, e quando noutros montes era festa íamos com a mãe só nós as três e o pai ficava em casa; a ceia cerca das onze, depois ainda dançávamos; pela meia-noite, até muito mais tarde, voltávamos barulhentas para casa; os rapazes de outros montes às vezes acompanhavam-nos, trotando nos seus cavalos para diante e para trás; tínhamos uma lanterna pendurada na charreta, por mor das noites negras, sem lua ou mesmo sem estrelas; havia por esse tempo salteadores que atravessavam na estrada troncos de pinho, até pedras; uma noite ainda ouvimos apitar por entre as árvores, eram eles com certeza, partimos a galope, aos gritos do cocheiro e dos rapazes a cavalo, prontos para disparar; a mãe trazia uma pistola no saco, um curto revólver caro com madrepérola no cabo; fora já da mãe da mãe, de uma avó que nos contava como o pai se suicidara (com esta pistola branca, costumava ela dizer, o dedo agudo no ar) em Espanha, ela insistia, na véspera duma tourada; ela também lá estivera e contava tudo, tudo, misturando coisas vagas; havia um templo na sombra, uma mesquita com arcos e portas tão rendilhadas, colunas, janelas, pátios; nos pátios vários vasos transbordando umas flores magras, em volta de tanques largos; por ali circulava a memória doutros passos, o frio do que passou era gelado, dentro das madrugadas; fora, pelo jardim sonoro, passeavam os pavões, com suas costas curvas e suas tristes patas; havia ainda, dizia, um palácio com arcadas; sob as pequenas pontes, em silenciosos barcos, beijavam-se namorados; seria Sevilha, ou talvez eu já esteja a imaginar, começo a achar de mais a estória dos namorados; recordo os candeeiros altos e desgraçados, e o túmulo de um toureiro, tudo ela nos contava; aí o nosso bisavô se suicidara, foram mulheres e dinheiro e noites de Granada; assim hoje o invento, na cama ensanguentado, tendo à direita da vista a bala e o seu buraco, e a arma ao lado, ainda quente, fumegando pólvora negra; a pólvora, esse fogo oculto, foco de fogo em potência; tocou a sirene há pouco; o que se terá passado? à Estela perguntei e ela não sabe, diz que também quis saber e procurou ao Moisés, mas ele nada sabia, nem sequer a Armindinha; nestas alturas que vêm desordenar a rotina, todos se buscam, se querem, sentem o mútuo silêncio; então nos descobrimos, mudos e sós, desencontrados, como afinal estivemos sempre; o meu marido anda longe, ocupado na lavoura, ou em qualquer coisa que desconheço e que temo; gostaria neste instante de ter todos a meu lado; mas os filhos são ilhas isoladas; e as criadas não são como antigamente; nosso mundo frio que nenhum fogo acende.

31

Arminda, voltando do quintal em que regara flores, subiu a custo as escadas, agarrada ao corrimão, num passo agora mais lento de que ignorava a razão, mas pouco pensava nela, seria talvez do fogo, que sobressaltava a gente, ou seria antes por ter levantado um pouco o véu do sonho da noite, obscuro, ocluso, que lhe ocultava a verdade, esse véu misterioso, ondeado por um vento vindo não se sabe donde, por finas, frias correntes, subterrâneas, movedoras de forças bruscas, brutais, vestes íntimas, escuras, que se conhecem apenas; subia as escadas lenta, parou tonta no alto, no sítio onde o patamar dá para a varanda larga, mas tão intenso era o sol e tão pesado, com um tão ameaçador assomo de trovoadas, que reentrou logo em casa, nos olhos trevas cerradas; passou pela cozinha fresca sem ver nada, ouvindo vagamente, nos ouvidos obstruídos, zumbindo desse calor, a voz da mãe e também duma das duas criadas, a de Estela certamente, mas não o sabia ao certo, sentia a cabeça andar ainda bastante à roda, passou à saleta em que o café a esperava, na mesa cheia de moscas e migalhas, restos (no pires) de leite, a cafeteira já com um ar frio, o líquido pez brilhante, gorduroso e até pastoso, acentuando-lhe mais essa sensação de enjoo, a manteiga derretida, as fatias de pão fino empilhando-se em desordem junto à torradeira elétrica, o açucareiro sem tampa, duas chávenas limpas; sentou-se, procurando a cadeira com o tato, uma cadeira dura, constatou, e logo fechou os olhos, a fim de que as pupilas se apertassem; então a tomou uma distante fugidia imagem, qualquer coisa tão vaga que não foi capaz de a definir, uma face, a de Samuel, da última vez que o viu, fixando-a atentamente, húmida à luz difusa desse quarto (quando acordara da sua indisposição ele não estava, partira para onde? e ali a deixara alagada em abandono e solidão, seminua entre caóticos lençóis amarrotados, o sol crescendo depois dessa noite de álcool da conferência abstrata, em que o desespero acumulado extravasara), mas a porta branca do corredor abriu-se e, em pijama, entrou André; vinha ensonado, cara inchada de quem dormiu demasiado; deu-lhe um beijo e os bons-dias, sentou-se na cadeira em frente; dormira mal, intermitentemente, cheio de sede (começou a beber o leite) e calor, um calor sem suor, intocável, inlocalizável, calor fora do corpo, tudo o incomodando, travesseiro e colchão, o próprio corpo, os sonhos extenuantes, acordando-o e de novo o reconduzindo ao morno sono de que despertava farto e sempre mais cansado, melhor que tudo sendo levantar-se, mas não tinha sequer forças para tanto, mundo defunto, que lhe dava vontade de sumir-se, dormir, desaparecer de vez; ele e outras pessoas conhecidas, mas não sabia donde, seguiam num comboio mal iluminado, a cada instante ameaçando, parecendo descarrilar, atravessando praias sujas, encharcadas, cobertas de lama podre, estações sem luz, quando encerraram alguém, ele ou um estranho, uma mulher ou ambos, num compartimento estanque e apertado, para onde deitaram acha enorme inflamada em petróleo, o tempo deslizando mais veloz que o ritmo do comboio, e logo de lá tiravam corpos desfeitos, queimados, juntos a carne de enchidos, exalando um cheiro fétido; contou isto de seguida, só no fim Arminda disse: ouviste tocar a fogo? e ele: ouvi bem, quem sabe se o teu sonho não é isso exatamente, o fogo?: talvez, não sei, apenas sei que foi medonho: tudo tudo é tão medonho no mundo em que vivemos, tudo me parece mau, triste e pobre, tão falso, forçado, infame, lamentável! ainda te não contei, creio, a maneira assaz insólita como conheci Samuel? eu estava num baile, há meses, quando um nosso amigo, o Nuno, me chamou para que visse um gajo giro que vomitava vinho tinto ao canto do corredor, em cima do encerado e das carpetes, encostado à parede, ambas as mãos na testa, mas ao chegarmos ao pé dele e como alguém o quisesse levar para a casa de banho, vi-o só subitamente dar um passo para o lado, vacilar um átimo como quem caminha no vazio e, enfim desamparado, tombar mole para diante, teria decerto caído se alguém o não segurasse a tempo pelos sovacos, erguendo a cabeça que se tornara muito pálida, inanimada, pesada, dum verde viscoso baço, que lhe abria rugas, rugas enormes e lassas; decidimos transportá-lo de seguida ao hospital; não havia, ao que parece, ali um médico, pelo que o metemos num táxi para o Hospital do Ultramar; lembro-me bem da entrada, subindo uma rampa íngreme por entre as árvores do parque, no chiar frio dos pneus àquela hora já tarda; o Banco estava deserto e ele sempre desmaiado; chamámos, batemos palmas, enfim surgiu, cheio de sono, um enfermeiro mulato; ao ver-nos, voltou lá dentro e trouxe um médico surdo, sorna, que lhe tomou o pulso e soletrou: pois-em-es-ta-do-de-co-ma-uma-re-al-be-be-dei-ra; tudo de seguida, sem qualquer entoação, sempre ao *ralenti*; pôs-se a desabotoá-lo, mandou o enfermeiro buscar balões de oxigénio, preparando antes, de costas (co-ra-mi-na, explicou-nos), uma injeção, prosseguindo no seu sonâmbulo soletrar: isto-é-claro-sal-va-se-mas-se-be-besse-a-pe-nas-mais-um-uísque-talvez-não-se-a-gu-en-tasse; Samuel mexeu-se de repente, começou a espirrar, espirrou umas sessenta vezes, perguntou onde estava; estava fino; fomos para casa, mas nessa mesma noite teve um forte ataque de hemorroidas que mal o deixou dormir durante várias horas; compreendes agora por que digo que o nosso mundo é sórdido; foi assim que nós nos conhecemos, foi a partir daí; quando Arminda fez uma pausa, André disse: pois, vou ver se tomo banho e se me lavo, pena é que nos não possamos lavar também por dentro; ambos se levantaram; não tinham comido nada.

32

Enquanto Jó se aflige e mais se abisma à vista do seu fogo, Tiago, calmo, impassível, ignorando tudo, na casa dos engomados de teto baixo, sobre o poial em que se mata o porco, constrói, cheio de aventura e de alguma ansiedade, um objeto estranho, australiano, que viu numa revista desenhado, um bumerangue; tirou da casa-da-lenha um madeiro grande e, empunhando a navalha de caça do pai com fino prazer (essa navalha forte manchada de sangue, sangue de empiolar coelhos e lebres e até raposas já, raposas grossas, macias, pesadas como crianças), começa a desbastar, atento, a tábua, em gestos firmes bastante para a sua idade, segundo as dimensões no papel apontadas; fixa primeiro as dimensões gerais; o comprimento, de 46 cm a 1 m, fica com, segundo a fita métrica que tirou da caixa de costura, cerca de 75 cm; o ângulo de abertura dos braços, que deve ser de 90 a 120 graus, fica, perto da média, um pouco mais que raso, uns 110 graus; os braços, finalmente, são o mais difícil, pois um deles é vários centímetros mais comprido que o outro, embora devam ambos ter o mesmo peso; ele vai pela intuição, um pouco à aventura construindo; um lado é plano e o outro arredondado ou arqueado, havendo uma ligeira obliquidade em cada pá, como nas hélices; o bumerangue funciona de facto à laia de hélice mágica que, uma vez lançada pelo ar, descreverá uma espiral até bater no alvo, se ele existe e se o golpe for certeiro, alvo que pode ser fera ou avestruz ou inimigo, mas, caso não haja alvo ou nele não se acerte, descreve uma revolução sobre si mesma e, mais lenta, regressa sensivelmente ao sítio de saída; Tiago pensa aplicar este objeto de eterno retorno à infindável planície do seu sonho; nele trabalhará toda a manhã, mas uma só manhã não basta para projeto tal.

33

André tomava sempre o banho quente, ao contrário de João Carlos, mesmo durante o verão (e o calor nesta sexta-feira santa era de agosto, mole e parado, baço, turvo, de sauna, de tal maneira que, quando se olhava o sol com alguma demora, tudo ficava negro, mergulhado na treva, queimada chapa fotográfica), mas desta vez o banho estava talvez demasiado quente, pelo que, ao contrário de deixar, como era hábito, correr a água enquanto, devagar, se ensaboava, desviado para o canto direito da banheira, fez girar a torneira de tal maneira que ficasse só acesa uma língua de gás, estreita fímbria de fogo aguçada e fina; todavia, devido à brusquidão da extinção da água ou à humidade pairando na atmosfera ou ainda a qualquer causa invisível, mesmo esse estreito ponto de luz canalizada se extinguiu, sem que contudo ele se desse conta disso, ocupado como estava em esfregar-se de costas para o antiquado esquentador; assim, só passados minutos, sentindo o pivete agudo, asfixiante e ácido do que não percebeu a princípio que fosse o cheiro do gás, notou o facto e de seguida viu, pensou o perigo de estar ali há não sabia quantos minutos encerrado, pelo que logo, com as mãos ainda ensaboadas, se precipitou para, sobre o armário grande, a caixa de fósforos de madeira e riscou um que, porém, se extinguiu de seguida, tal como a chama antes, e riscou outro, acontecendo o mesmo, e, já nervoso, outro, e já com medo, outro, depois dois duma vez e três e um feixe deles; contudo todos, ardendo um fulgor breve, não pegavam à madeira húmida e logo, fazendo um fumo fosco, se apagavam e ele já suava, tinha frio, terror irracional da morte, faltava o fogo que alenta, acalenta, aquece, quando não destrói lá onde o coração batia na máquina do peito, onde o coração queria o afago do fogo, fogo bom, esse que vive nas aves, nas florestas e no vento que corre, leve e aéreo, e sopra por onde quer; delirava um tanto quando se lembrou de aproximar o mais possível o fósforo do esquentador, raspou furioso, ouviu um baque e o lume eis que ali surgiu de novo; sentou-se na borda da banheira branca, fez o esforço feliz de levantar-se, fácil, chegou à janela, abriu-a, demorou-se um pouco, voltou à banheira para tirar o sabão e enfim ocupou o banco junto da janela aberta; maldisposto, enjoado, sentindo a cabeça andar à volta, na qual uma dor afiada e envolvente se infiltrava; olhou pela janela e fora, no quintal, viu Tiago trabalhando sobre um pedaço de madeira, sem o ver e sem que, pelo seu lado, lhe desejasse ele os bons-dias, mudo contudo, invejoso quase, de espreitar esses secretos jogos estranhos da infância; mais seguro, voltou dentro para vestir-se com a roupa interior, pentear os cabelos muito curtos, já secos, cortar as unhas dos pés; o vapor enchia ainda até ao teto toda a casa, denso de tal sorte que deixava apenas distinguir, e mal, os contornos das coisas, dos objetos de cores várias dispersos pelos móveis e longas prateleiras de vidro nas paredes, o tom turvo dos ladrilhos do chão e de meio muro, azuis; respirava, pois, não só asfixiadamente mas depressa, fatigado de mais depois do susto absurdo; em virtude talvez da lassidão dos membros, imenso tempo foi-lhe necessário para cortar as unhas e, uma vez esta tarefa terminada, demorou delongado em acabar de vestir a camisa aberta de verão e a camisola de malha, as calças e, enfim, calçar as meias de náilon e os sapatos.

34

Arminda, sem nada de específico a fazer e experimentando uma inabitual necessidade de conversas, foi até ao quarto de João Carlos, que estudava e estudava, ou assim parecia, debruçado nos livros, ao lado da janela, junto ao desvão da qual uma pilha de brochuras e cadernos em desordem se encontrava, misturados de cinza e de fósforos queimados, tombados do cinzeiro de barro posto ao alto, ao alcance da mão que segura o cigarro; predominavam livros de filosofia e de política, apesar do curso de direito, e, lendo automaticamente as lombadas dos livros, Arminda lembrou-se duma estória sonhada ou imaginada por ela na véspera ou há dias, a qual, perante a disponibilidade do irmão, lhe passou a contar, em termos vagos a princípio, depois cada vez mais claros: era numa cidade ou vila de província, como Évora talvez, sebástica manhã gelada e encoberta de encontro às duas torres da sé catedral em que, logo ao abrir, uma rapariga (que não eu) quase às escondidas penetrava, seguia até ao claustro deserto àquela hora, húmido de sombras, silêncio de sepulcros e de pedras; árvores crescendo em segredo, laranjeiras nas quais uma laranja só, aqui além, vermelha e cheia, brilhante de orvalho e já manchada de esverdeadas manchas dentro de reentrâncias, ficara junto do poço em cuja boca negra brilham teias de aranha e ela percorria com cautela as arcadas, escutando os próprios passos, com o estalar dos quais tremia e se assustava; as rosáceas de pedra ao topo das ogivas, em recortes diferentes cada vez mais originais em relação àqueles logo ao lado, tocavam mal o sol que raiava no cimo, rasando por ameias, descendo das varandas, varandins em que o musgo cresce virgem, penetrado dum pó muito fino, pátina, sobre que voam pombas, francelhos, milhafres, águias, aves abertas ao vento cortante e alvo das madrugadas, em que o sol sobre os muros pesados punha reflexos de água, e ela caminhava entre recortes de arcos, percorrendo a álea norte do gótico calmo claustro; deu a volta à esquina norte, fez o caminho a oriente, caminho idêntico, e era ao fim desse braço, no desvio da parede, que um túmulo, com a estátua de pedra dum cavaleiro, repousava jacente, um forte grande cruzado, os ombros espessos dentro da armadura guerreira, pescoço redondo, grosso, sombreado pelo queixo de fenda ao centro, queixo em V (aqui Arminda fez, sobre o seu próprio queixo, um V com os dois dedos, polegar e indicador, da sua mão direita), liso como a face lisa, sem rugas, de linhas firmes, olhos olhando frontais para a fixidez do ar, enquanto pela cabeça, descoberta, os cabelos ondeavam; suas mãos estavam postas na espada larga entre as pernas, mãos brancas e finas, frescas, estranhas, possessas, possessoras da força que se escondia sob salientes veias; de manhã o conhecera, em tempos, por um inverno, quando descera ao claustro enquanto os pais assistiam por alma de alguém à missa, tinha então uns treze anos e as certezas dos que querem, ela queria ser autêntica, ver-se no mundo e viver, justa e à sua maneira, sem pantomimas alheias nem aquela missa ao lado, triste sinistra, negro e medo, convenções, olhares, ausências, obscena, por isso foi para o claustro pela porta lateral e aí descobriu o túmulo desse cavaleiro sonhado, reparou-lhe nas feições e demorou o olhar, julgou por instantes que o reconhecia donde? era o esposo, noivo, irmão que nunca teve, e sem querer, por brincadeira ou súbito atrevimento, sem dar fé no que fazia, sem crer em consequências (por certo não sonhei isto, assim com tais pormenores, devo ter lido, não achas? ou contaram-mo, não sei), sei que ela se debruçou, olhou-lhe os olhos abertos, descobriu que estava frio e que o cavaleiro sorria, erguia um pouco a cabeça, parecia ir levantar-se e, no ímpeto invencível dos olhos cheios de delírio, os lábios entreabertos, os cabelos em desordem caídos na face oculta, ela o tomou pelos ombros e sem observar se a viam, se a espiavam, esquecida já de tudo além da pedra, dobrou-se mais, o vapor, esse calor que nascia da raiz da sua boca, humedeceu, aqueceu a estátua viril valente, chegou aos dele os seus lábios, o queixo tocou no mármore, o nariz roçou o dele, as bocas grande e pequena juntas habitaram um instante de pedra, ela sentiu bem que tudo estava ali, extático como ele, enquanto em volta o claustro circulou e fez girar inteiro o mundo, o seu ventre ficou quente, o seio lasso, as mãos lívidas, ardentes, livres e, quando enfim despertou, tinha terminado a missa; depois disso ali voltou semanas, meses, longos apenas por dentro da ampulheta do sonho, de facto só poucos dias desde essa manhã imóvel do beijo desvirgador e logo da outra em que, sem pensar um só instante, pondo o joelho no tampo, subiu a pedra, deitou-se, feliz e serena e grave, ao lado daquela imagem, o seu peito contra o dela, as suas pernas cobrindo as pernas do cavaleiro que há séculos a aguardava, ali, exposto às noites de geada, aos sóis secantes, selvagens, nos anos nus e selvagens; mas eis que ela sente então a mão adunca pesada de alguém que a interrompe e a rouba à paz, uma beata ou sacristão ou padre, alguém do mundo desumano e seráfico, que a puxou, ameaçou divulgar, levar ao amor a mancha dum adultério descoberto; foi então que começou a imensa empresa que...

35

Entretanto o pai, ausente do fogo solto, procurado por Jó e pelo feitor, estava na vila, na casa paga à amante, na rua discreta e suja da encosta do castelo, mesmo pegada ao barbeiro (capela em que as pessoas se confessam às avessas, isto é, sabem o pouco que numa vila acontece, coisas pequenas, poucas-vergonhas, politiquice, chegada de forasteiros, estórias que o barbeiro gordo e palrador lhes repete, conta e repete e segreda, entretém os seus clientes que sonolentos esperam, falando do fogo que consta seja nos Cantares), no quarto sobre cuja cama contempla a amante, mulher nova, de vinte anos, de formas fortes, perfeitas, grossa no peito, nas ancas, despida em cima da cama, feita para fazer amor, paga para dá-lo, aquecê-lo, equilibrar-lhe o equinócio, agora que a mulher dele entrou já no longo inverno, no solstício do inverno, do qual se não nasce mais senão para a morte certa, morte num leito como esse em que eles estão agora, em que ele agora fechou os olhos depois do coito, dormita, está fatigado, não pensa em nada, ainda menos nessa sirene de há pouco, no momento em que, chegado, se despia, se deitava, a beijava, desejava a carne que descobrira, desflorara, trouxera do monte em que ela nascera e onde o fogo grassava, estalava no seu avanço pelo verde das searas, ante os olhos de Jó que, por entre os homens, contra as chamas investia até ser capaz de ação e segura decisão, esse sentimento que tão ausente era do pai, do pai que vivia a vida numa atitude passiva, regressiva dependente, voltada para ontem, para um mundo inexistente; de olhos fechados o pai revê uma velha imagem; ele ao lado do avô por uma noite sem data, só com a voz que lhe diz: ao fundo do vale a casa um tanto oculta, que nos consentia apenas imaginar um calor interior inalcançável, indurável, misterioso, de aquecimento central disperso por todo o lado, impalpável e contudo possível de se sentir, de querer-se vivamente se permitido nos fora lá entrar e demorar, penetrar e habitar nessas câmaras vazias, virgens de cio, ecoando qualquer impulso confuso, as pulsações dum relógio em que o mostrador apenas à gente se não mostrasse, mas nós para lá caminhávamos, persistentes e atentos, pelas espinhas das serras, pela duração da estepe, ansiosos, concentrados, obcecados, não serenos, era uma luta em vão e o vale não mais era, mas passou-se qualquer coisa que tudo modificou, foi talvez dentro de mim, na minha ereção opressa, já muito perto da casa, prestes a bater à porta, ante a porta desejada, o corpo me transmitiu um excessivo bem-estar, tesão que me enchia o peito desde as pernas, um esvair-se de tristeza e fúria de se esvair, vir-se, chegar, encontrar uma força, uma fraqueza, um estar certo contra todos e o mundo todo em redor, um achar-se derrotado, ou antes uma vitória, a pressa de se gritar que se está vivo, somos livres, inteiros, que não queremos mais deixar a casa-cama, essa habitação convexa, lar como cheio de lama, ventre que é mãe e é ama, que amamos e lastimamos agora não franquear e ficar só anteportas cheios de derrota mortal: patrão, que foi, que é que sente?: ah, não foi nada, descansa, devo ter adormecido, dá-me um beijo; a janela, encostada, deixa escorregar poeira branca, milhares de mínimos grãos que são como o seu passado, inútil, violento, vil, entregue à devassidão dos anos trinta, digamos até quarenta, em que a guerra, o fogo dela se sentiam só de longe, longe da morte, das trevas, no meio de negócios fáceis, de fortunas que rebentam, que compram, para fornicar, refugiadas estrangeiras (também Francisco fez suas conquistas, ela passava no Maxime por sua prima afastada, não falava, não sabiam que de facto era francesa e sua amante recente, a sua primeira amante, sábia, experiente, mestra, ela evitando que os outros dessem por isso e ele pouco à vontade, ter amante era confuso, contraditório, complexo, amante cara, pintada na boca e em volta dos olhos, o rosado e o azul dizendo bem com a branca impermeável moderna, ele moreno, bem vestido, a gravata, o guarda-chuva de dândi estudante rico, mas só riqueza é fraqueza, passa depressa e por vezes para sempre) e agora esta é talvez a sua última amante e por isso ele salta dessa velha sonolência e, voltando-se na cama, segura-a brusco pelos ombros, na febre de ter de novo um momento de silêncio, esquecimento, entendimento, acordo da sua carne com aquele corpo árduo, ardente, desejoso, tanto, que às vezes pensa se ela não gostará de outro, mas não pensa nisso hoje, tem febre nos rins e dor no sexo não muito ereto, depois nas têmporas e, enfim, gasto o lume, em todo o corpo.

36

... a imensa empresa que a terra não consentia; nas manhãs ela voltava mas para olhá-lo apenas; teve pois de começar a voltar a vir à noite, antes do fechar da sé, naquela hora inclemente em que mais amor urgia e, entre compridas sombras, quando o túmulo era já sombra, voltava a deitar-se nele, devotada à sua posse, o espasmo a possuía ao frenético tombar das negras tardes de inverno, tardes soturnas dormentes, nuas tardes da província, com faíscas e trovões de cada vez mais chegados, até essa tarde lenta da lenda de Tristão triste, em que uma súbita luz tombou sobre a grande sé, alargou-lhe o calmo claustro, lhe percorreu as colunas de encontro ao cimo da tarde, tendo veloz alcançado o obscuro volume do túmulo, o tomou no fogo-fátuo dos seus raios e nele então mergulhou, abrindo-lhe larga brecha entre a estátua e a sua espada, entrando pela terra dentro consigo arrastando a amante, para dentro desse túmulo, para dentro do amor da noite, para a longínqua loucura dum profundo amor noturno, para o sonho em que se entra uma só vez e do qual nunca mais os homens voltam ou se voltam é nas formas do pesadelo ou auréola intermináveis, de fantasmas e dos elfos inominados da terra, atravessando os espaços e os lugares abandonados, aparecendo por entre os estranhos cheiros das flores, nas ágeis asas das aves, em volta de peixes fundos dos abismos mais imundos, onde a luz não chega nunca, onde o frio invade tudo, como nessa manhã escura em que os pedreiros vieram, chamados pelo cabido, tapar com cimento a fenda aberta por um milagre, debaixo da qual ficou uma jovem sepultada.

37

À uma hora chegava no comboio uma amiga de Arminda, colega da faculdade com os pais em Angola, vinda para passar alguns dias de férias; Arminda foi, a pé, acompanhada do irmão mais novo, esperá-la à estação, na ponta baixa da vila; chegaram porém um pouco adiantados a esse lugar em que a charneca surge em volta dos carris onde ferve uma máquina, arfa, silva, dentro arde, na cortina de fumo dum quente correr de água; é a locomotiva, ligação com o longe, cheia de rodas e bielas, chaminés, cilindros, tubos, faróis, escadas, molas e manivelas e correntes e ganchos, torneiras, apitos refulgentes de cobre e a torre donde os homens, cheios de tédio e fuligem, mexem em alavancas em frente aos mostradores; na estação, debaixo do alpendre, à sua amável sombra, homens falam baixo, sérios (homens exuberantes e no entanto sóbrios que ali esperam, como nas tardes passadas na taberna, pela liberdade desejada que anunciam profetas, mas a medo, pelas pides paredes, enquanto um traz jornais no bolso, papel bíblia, os passa olhando sempre para o lado, jornais em que vozes falam de prisões, torturas, medos, segredos de trinta dias, interrogatórios de pé durante oitenta horas até se urinar sangue e martírios e suplícios e a morte, perante a qual nada há a perder e é pouco todo o risco, desafio, assim o homem faminto se decide a dedicar a vida inteira àquilo, e a dos filhos e filhos dos seus filhos, se preciso, até um dia ser possível, e de monte em monte corre que surgiu, lá longe, não se sabe bem onde, mas surgiu, messias prometido, um posto de rádio clandestino com um grande nome grato, para escutar o qual, com suor, com sacrifício, os ganhões compram na vila, aos sábados, telefonias de pilhas baratas e portáteis, que levam para casa, em montes e aldeias pobres abandonadas aos ventos da planície que consigo transportam, em ondas pelo céu, vozes longínquas e confusas e tão fascinantemente o fazem, que os homens, ao deitarem-se nas duras camas do trabalho em que as mulheres, magras e pacientes de calma permanência, de aflita espera, esperam, são mais ternos para elas e a elas prometem, cheios duma esperança abstrata, um futuro melhor de paz e pão, de filhos, que as não obrigue mais, depois do coito, a erguer-se da cama em noites frias, caminhar pela pedra até ao alguidar e à água viscosa, enquanto os homens mortos de cansaço, com um sorriso entre a crescida barba, adormecem e sonham, e podem vir, de madrugada, os guardas socar a porta a golpes de espingardas escravas), quando o comboio se ouve pela primeira vez ao longe, da banda de lá da alta ponte de ferro, vertiginosa em arcos sobre o rio, onde uma tabuleta branca inútil (pois é ali que vagas sucessivas de suicidas vão buscar alívio, antes da curva da ponte, onde a tabuleta diz) avisa: PARE, ESCUTE, OLHE; do outro lado das linhas há os campos, tratores, carroças de guizos em que a brisa, ao perpassar, faz discreto ruído; atrás, o prédio antigo da estação, com relógio e telefones tocando, as casas dos empregados, pardas, térreas, rasas, numeradas de 3A, 3B, 3C, 3D e assim por diante, com arrecadações, depósitos, farolaria e urinóis, a cancela e quintais com pombos, os pinheirinhos mansos em que se sente o mar; há a venda da Tia Eusébia que usava de caridade para com os clientes, afirmam os vizinhos e sorriem, santa mulher, já gorda e velha, falando a sua linguagem desbragada, compreendendo e alegrando tudo e todos: um homem casado não tem nunca vagar para estar quieto, só cobrir a mulher é metade do tempo; isto diz ela, rindo, ou então mostra o mostrador do seu relógio, com duas mulheres nuas desenhadas; contam agora que ela prefere mulheres, mas isso é improvável e eis que o comboio chega, entra chiando, refreando os travões, com passageiros dormindo pelos bancos, cheios de calor, desfeitos, ouvindo longe o ruído das rodas, insistente, longo, trovoado, certo, cadenciado nas carruagens de terceira classe por um cantar de amigo lento e arrastado:

rosa branca desmaiada
onde deixaste o cheiro

deixei-o no teu jardim
sombra do limoeiro

à sombra do limoeiro
onde o sol não tem entrada
onde deixaste o cheiro
rosa branca desmaiada?

prolongado nas terras poeirentas de azinheiras castanhas e vermelhas, de figueiras velhas, desfolhados esqueletos; chegada à estação, com azulejos de motivos nítidos como fotografias, a amiga de Arminda, com o braço erguido desde a janela aberta, sorri e acena.

38

Pouco depois da uma hora, descia o pai a rua irregular e excessivamente inclinada do castelo, saindo à vista da rara gente que passa da casa rasa da amante, quando, ao passar pela porta do barbeiro que fechava, este lhe perguntou, na sua tagarelice, se o fogo já estava extinto: qual fogo? foi então que Francisco soube que a herdade ardia; correu ao jipe estacionado no Largo da Fonte Nova (pois de manhã, ao sair, fora apenas ao Pomar, pequena fazenda próxima, na outra margem do rio, num sítio arejado alto, onde havia um pego e onde passavam um mês no verão, setembro, quando era a feira e a família vinha de outro mês na praia) e partiu a toda a brida para a herdade dos Cantares, umas dez milhas por estrada muito má; o barbeiro ficou olhando o fim da rua deserta, esfregando as mãos quase alegre, porque o fogo nas herdades não o assustava muito, não o assustava nada, não vivia nesse mundo, ele viera de fora, não tinha terra, o que tinha, ganhara-o com as tesouras, por isso achava piada às inquietações dos ricos, cujos cabelos cortava, às suas rivalidades, pois ainda pouco antes, enquanto fazia a barba ao senhor Tomé da Torre, o ouvira dizer que: é bem verdade que às vezes Deus escreve por linhas tortas (o nome de Deus para eles serve de santo e de senha); e o barbeiro meditara: ai Alentejo, Alentejo, hás de ter um lindo enterro! ele estava mesmo a ver o caminho disso tudo e não gostava lá muito que as coisas mudassem tanto que a freguesia mudasse, mas, enfim, quem tinha culpa? os tipos ricos, que em vez de verem os males e o destino que levavam, se fechavam no seu ódio, orgulho, fúteis guerrilhas, até chegarem a ser capazes de deitar fogo nas herdades dos vizinhos e dizerem ou fazerem suspeitar que foram outros, os ganhões, que o provocaram; o Tomé da Torre tinha uma herdade mesmo ao lado e era inimigo mortal do dono da dos Cantares, por uma questão de estremas e porque sabia que este lhe chamava novo-rico-sem-princípios (ah, os princípios, princípios, princípios que são do fim), ignorando a tradição de dono e quase senhor semifeudal dessa vila; por isso esse tal Tomé, não há meia hora ainda esfregara as mãos no barbeiro, na esperança de que o fogo fizesse que o dos Cantares vendesse parte da herdade, pegada à da sua Urgueira; por isso o barbeiro agora esfrega as suas mãos cuidadas, na expectativa de ver como as coisas acontecem, enquanto, fechada a loja, vai descendo para o almoço, não sem primeiro passar pelos dos Cantares, perguntar se já sabiam; estes tinham acabado de sabê-lo por Arminda, que regressara da rua com a sua vinda amiga; em casa tudo tumulto, a mãe aflita, Arminda preocupada com aquela recepção à sua amiga, esta quase envergonhada, como quem entra demais numa nova intimidade, João Carlos perplexo e o irmão mais velho vindo de seguida perguntar-lhe se quer ir com ele lá, ao fogo, no outro carro; vão,

André conduz a cento e tal o Mercedes, mas quando lá chegam veem a chama quase extinta, longas extensões de terra fumegam húmidas tintas, o que porém não significa que não demore ainda horas a apagar completamente a combustão lenta do trigo, lume interno intenso como o do carvão num forno, pelo que os bombeiros têm de permanecer em volta, sendo-lhes dado um almoço de linguiça e pão caseiro, pelo feitor, que se lamenta junto do patrão Francisco; este regressa no jipe com Jó e o comandante que por ser fraco e velhote deve ir almoçar à vila; João Carlos e André seguem-nos no outro carro, sob a poeira infernal.

39

O almoço não foi aquela antiga patriarcal reunião familiar em redor da mesa e da toalha branca idêntica ao longo dos longos e iguais dias, das semanas e estações, dos anos, até dos séculos,

o *pater familias* sentado no centro
com o poder de *manus* sobre a mãe
com o *patria potestas* sobre os filhos
a *dominica potestas* sobre os escravos

(rememora João Carlos um tanto absurdamente, do seu mecânico empinanço de direito romano essa manhã, constrangido ante o peso alienante das idades e observando esse almoço não mais pacífico), antes um caos de confusão, vozes, perguntas sem resposta, não mais o interrogatório concreto e formalíssimo dessas personagens estáticas em cena, anos antes, seguras de si e certas, mastigando exata e calmamente a sua indubitável vida, contando os acidentes da véspera ou do dia seguinte, como se caparam os porcos na herdade, como o relojoeiro foi preso por desfalque e a filha do Jacinto fugiu com um moinante, enquanto se elogiavam doces raros, indigestos, avondos de ovos e sabor conventual nos nomes sedentários como

papos de anjo
toucinho do céu
barrigas de freira

não mais esse inofensivo jogo frio de vaidades, os pés unidos sobre o estrado da camilha, sob os saiotes verdes conservando o calor da braseira que, desde o fim de fevereiro, já não arde, mas permanece lá, brilhante e areada, concavazia, com pesadas asas e, dentro, a pá de cobre, concha de vieira feita para as brasas; não mais essas conversas nauseantes de comidas (mariscos, só nos meses com *r*) e doenças (muitas doenças tinha eu quando era rico, dizia um fidalgote falido lá da terra); não mais nada disso, antes um jogo cruel e de suspeita, de paixão e ódio:

– onde estavas, Francisco, quando tocou a fogo?

– no Pomar

– a manhã toda no Pomar? mas a fazer o quê?

– olha, a plantar batatas

e dentro dele a frase bate mas a fazer o quê? o quê? o quê? o quê? batatas, plantar batatas, as batatas são o prémio das batalhas, as batalhas estão caras, as batatas são raras, as batatas batalham; em breve o almoço acabava na maior das desordens; só o pai e Jó voltaram para o monte; os outros ficaram um pouco conversando, exceto André que, por andar doente, foi de novo deitar-se, eram quase três da tarde. Arminda quis aquela passagem da Paixão em que o recitativo diz:

Aber Jesus schrie abermals laut
...und verschied

depois recolheu-se cada um ao seu quarto para dormir a sesta, por causa do calor.

40

Enquanto André não dorme, mas vigia e relembra, deitado às escuras no seu quarto, João Carlos, que também não assiste ao ofício de Trevas, à tarde, na igreja (em que Arminda e a mãe, com a amiga e os irmãos mais novos, passam quase uma hora a ajoelhar-se e levantar-se, festejando o Parasceve ou preparação do sábado, quando o padre diz, em voz cantada e farta: *oremus, flectamus genua, levate*); permanece no quarto-biblioteca, forçadamente sedentário, estudando, preso do ódio ao luxuoso ócio de pensar, sentado diante dum livro sem interesse, nesta tarde insensata e radiante de março: gosto da liberdade de percorrer o olhar pelos objetos com tal rapidez e violência que a cada instante lhes alcance a gravidade, a íntima, obscura, duradoura, vertiginosa verdade; será isto passatempo solipsista de filho-família, será isto loucura, desmedida ambição, demasiado orgulho ou vaidade? ou solidão excessiva e estéril ver que o mundo se renova e eu sou sempre o mesmo, novo velho, idoso jovem, filho duma classe sem remédio em decadência, sem possibilidades, quase classe morta, como Cristo morta, sem esperança de salvação ou redenção humanas senão em outra classe, a classe nova, o proletariado? e que este hábito de tudo interrogar, de pôr atrás de tudo uma pequena dúvida, não é senão doença, febre inútil e vaga, não fecunda, não boa e não contente nunca, nunca? aqui estou, e tudo o que se passa me parece antes um pesadelo que o real, tudo se desmorona, se desfaz e apaga e a sua memória de súbito se afasta para tão atrás que não é possível alcançá-la; mas se as palavras tão amargamente meditadas, cheias dessa agonia que lhes chega do outro lado das coisas, não contiverem em si uma tremenda força que me esmague, para quê despender um suor frio no esforço de pensá-las com falsa serenidade? que o meu conhecimento seja antigo e assim, liturgia sem sinais por dentro, acompanha-me nesta descida sucedânea às fundações da minha oclusa casa; nelas encontraremos as pegadas dos seres que, desde o pó dos séculos, nos criaram e nos chamam, em dias como o de hoje, marcados por um signo de desgraça; a memória de lugares e palavras e gentes por mim entra, avassaladora e dura sem piedade semelhando vaga alta de sol ou espuma fria na boca de desespero aberta do que se afoga e nada vê à sua volta além dum imenso mar, com corpos meio suspensos em estranhos movimentos que incomodam e espiam nos grandes olhos claros, e toda matéria pensável me desce pela garganta abaixo e uma total clarividência em forma de memória de tudo que vivi depois dos gritos gloriosos desde que fui pelas pernas pendurado, tal S. Pedro, eu no nascimento, ele na morte; pergunto-me que haverá de profundo, de harmonioso e definitivo em coisas simples, em imagens tristes, em pessoas que passaram sempre despercebidas, num livro com bonecos de criança, num objeto a que em pequenos não pudemos chegar e depois que chegamos nos não interessa mais, tudo pejado de passado; pergunto e a resposta é um distante sorrir; eis-me na casa imaginária em que revivo as faces que construo do nada, esta casa de telhados altos mas não pontiagudos, casa de janelas barrocas, cada de quatro vidros, com bandeira de dois retângulos deitados e sacada estendendo-se desenhada em caracóis de pedra, suportes maciços de granito e de mármore, casa de fachada toda de branco caiada que aquece no calor da tarde em que uma força pega nos objetos desde a base e os faz girar, oníricos e lentos, em redor de mim e de si mesmos, iguais a sistema solar de que me sinto o centro; a pátina das coisas é apenas um nojo em minha espera excessivamente quieta; a fronteira e a perplexidade de querer atravessá-la; do outro lado tudo se torna tão impiedoso e até quase desumano; busco a origem, o significado deste silêncio e só um apelo de morte me acena dum olhar novo sobre o mundo; contudo, um invisível apelo vivo me chega do interior da pele e quer rompê-la; um charco com altos juncos batidos pela nortada e além dele a chuva, mas só na minha memória fatigada; sinto um sussurro escuro alastrando na terra desde dentro das trevas decerto a germinar para a vida nova; vagueio por províncias ainda desencontradas, de sombras perturbadas, grandes ramos de árvores de raiz mais compacta sob as quais um rio subterrâneo oculto pelas grutas da crosta corre e as suas águas têm uma densa mistura de dejetos e ratos; não conseguir contar as imagens flutuando tão rápidas e vagas pelo vaguear mental, deixando atrás de si apenas o arquétipo da força que as palavras oferecem procuradas!

41

Sim, certo, Jó tinha por vezes pânico terror da realidade e aquele era dos momentos em que o sentia mais; terminado o serviço religioso, voltou com o pai à herdade, quando caía já a leve luz crepuscular e o fogo se extinguia ao longe mas cada vez mais próximo à medida que o carro se aproximava, pelos campos lavrados; o fogo; desde que se conhece, esta palavra, por si só, bastava para fazer vacilar os mortais, mesmo os homens adultos ou sobretudo esses, pensa Jó, porque têm a casa e a família e os bens e, mais que a morte, temem a miséria, a solidão, o desespero de ver seus esforços e sonhos destroçados; mas alguma coisa ainda sucedeu neste dia, para que Jó estremecesse até aos alicerces, alguma coisa escura que significava, ao menos para ele, um mal maior que o fogo: quando chegaram ao monte é que souberam da morte do homem que se chegou de mais às chamas e depressa pereceu nelas, embora não por elas, um homem tão suspeito como todos os outros, vendedores da sua força, um misturado entre o povo de bombeiros e ganhões, um que subitamente se disse ter morrido; tarde na tarde, a palha ainda ardia, o restolho e o pasto, com essa persistência do trigo que, alagado de muitos litros de água, deixa de arder em chama, vermelho-acinzentada, para passar a uma combustão de minério, de carvão vegetal feito massa maléfica oleosa esturrada dura árida e contudo viscosa dum brilho verde-negro, com grãos grossos ardidos ainda à superfície; disse-se à noite na vila, nas tabernas e no largo, que o homem fora empurrado, que o feitor e alguns dos outros, pensando que mão humana pusera fogo na mata, e só a dele seria, pelas ideias que tinha (dono da pequena venda a um quilómetro dos Cantares, uma tasca em que vendia, além de comes e bebes, mercearias, fazendas, fatos feitos, fora visto no fogo mal este começou, antes de os bombeiros chegarem, mas como era possível chamá-lo de incendiário? a não ser pelo que dizia, forte, valente, ao balcão, olhando prà gente, com o seu bigode negro, braços peludos cruzados, de mangas arregaçadas, o cigarro sempre aceso durante a conversa quente, fumando-o todo inteiro sem nunca o tirar da boca, colado a um dos lábios que se abriam e fechavam, violentos ou lentos, dizendo palavras graves e pensadas: nã hê de ficar aqui a vida entêra, com estes cinco filhos e a patroa a sustentar, ná, hê de levar os homens à vitória; cabelo alto, olhos tesos de animal prisioneiro, queixo rachado de ferro e de vontade; e avisavam-no: home, dexe lá isso, esse banzé, que nã serve senã pra desgraçar-se, a vossemecê e à su gente, proque eles assim prendem-no e pra lá fica pra toda a eternidade; ele de responder: eu? quem é que prende um home como eu, e pra que serve além essa magana espetada na parede? o primeiro c'aqui entre fica logo estendido de patas prò ar; e apontava, num curto gesto duro da cabeça, a caçadeira velha pendurada por cima do armário, numa escápula que enferrujara até já a correia, depois ia buscá-la e, amorosamente, apontava-a, abria-a, via-lhe o interior dos canos contra o sol, limpava-a com vareta e escovas, a de arame primeiro, logo a de feltro, aquela para tirar a ferrugem e pó e algum resto de pólvora, esta para espalhar um pouco o óleo, enfim passava o trapo largo, para secagem, só então a mostrava aos amigos a quem comunicava a sua esperança firme), e o feitor e os outros não gostavam disso, parece que enraiveceram, não tanto pelo prejuízo, que nem sequer era deles, mas pelo trabalho de assalto e pelo sobressalto que tiveram, ou apenas por qualquer ódio antigo, raiva que é mais pavor que poder, temor de que alguém perturbe a paz, desconfiança, brutal e impotente, contra o que os lance no mistério, no abismo, naquilo que não querem sequer escutar, tal como Jó no instante em que, chegando à rua do monte com o pai, ouviu mulheres gritar, teve medo e quase desejou não saber o que é que sucedia para além do campo de restos de árvores, pequenas e espaçadas, tão sem desgraça que parecia impossível esse grito de morte que tanto dizia morreu como mataram, ante o silêncio do pai, a confusão total, a revolta nascente no espírito de Jó, capaz de inteiramente o acabar de transformar.

42

Quanto a Tiago, logo que se viu livre da igreja, cujos responsórios negros lhe metem medo, foi para a rua atrás da casa brincar com os mais miúdos, pobre gente a quem só o sonho sustenta, que conversa por vezes do modo mais informal e fantástico:

– agora a gente finge que está ao telefone
– ê estou sozinho em casa
– e eu à caça da minha namorada
– e que mais? e que mais?
– nada mais

– faz de conta que caíste num poço
– e o poço é a tua mão ou a tua boca
– e depois de cair fiquei à espera do almoço
– e óspois do almoço fomos p'r'Arraiolos
– nã senhora
– e lá era a fêra e havia tourada e os palhaços
– no circle prà onde entrámos sem pagar
– e ó despois do circle?
– era já aquais noute e fomos pra casa
– e em casa estava a minha namorada e casámos

e, regressando a casa, Tiago lembra-se de repente que foi no pinhal, numa tarde pesada, quando as outras crianças se afastaram para colher flores como Piedade ordenara, esta o chamou para a sombra dum pinheiro, onde a caruma parda fazia fofa cama farta, se deitou num fremente sorriso de avidez e, levantando as saias e afastando as pernas largas sem tirar as calças, lhe disse que se podia deitar em cima dela para brincar, ele deitou-se sem saber o que fosse, só por obediência, corado já de pressentimento e de certo modo medo, deitou-se encolhido e apressado, vendo nessa altura que era uma coisa feia, que os outros meninos não podiam ver, sentiu-se muito quente, indolente, imóvel, eletrizado, ela beijava-o na boca com os lábios molhados, torcia-se de esgares, então apareceram os putos de volta e eles levantaram-se.

43

Que dizer ainda, no misterioso mundo das mulheres, da tão sem remédio anódina, anónima figura de ardente mulher simples, solteira como Arminda, apenas mais calada, habituada a nunca ninguém querer nem lhe pedir a sua opinião de cozinheira-máquina, Piedade alienada logo desde antes da manhã, quando, deitada, o quarto ainda escuro, enumera para si os gestos a fazer e feitos já há anos e que nada lhe interessam, não lhe dizem respeito por não serem os seus? que dizer, se se consente, de certo modo se aprova, se aceita que os homens pensem que quem sabe está calado, tão mudo que tudo fica remetido a essa vida a que chamam interior, a verdadeira vida, única que resta a esta mulher? mas talvez que a vida seja sempre só essa luta inútil e a devamos contudo olhar como se fora outra, descobrir em cada coisa a face oculta, a face que está na sombra, nas origens, na fonte, e de súbito nos surge como se antes não fora; assim, de manhã, Piedade prepara o almoço e às vezes o jantar, depois de ter ido às compras, matado o pato ou a galinha, feito o café e a limpeza, mexendo em água e lume, tocando coisas concretas, tendo nas mãos os elementos, o mundo inteiro que ela merece, ela e a sua classe, passo primeiro e necessário para a vida dos outros, vida não alienada, não nos limites do estômago, nos quais afinal acabou por cair, depois dessa viagem sabotada que se chamou revolução francesa e que os poderosos se encarregaram de estragar, sendo hoje necessária revolução mais radical, capaz de acabar com esta exploração desembestada que a besta burguesa burocrática inventa sempre com mais subtis máscaras; ao contrário de cada uma das outras mulheres da casa (ao contrário da mãe, mulher triste, fechada no amor às coisas e num certo e cada vez maior desprendimento em relação aos seres, ocupando-se e preocupando-se com a casa, os móveis que envelhecem e tanto precisavam de restauro, as cortinas que vão a pouco e pouco sendo furadas pela traça, comidas pelo pó, sujas das moscas, os tetos e paredes que necessitam ser pintados, rebocados, salvos da morte, agora que a vida nela se não pode já salvar, perdida na indiferença do marido egoísta, dum materialismo primário e infantil que o faz passar ao lado do essencial, esse homem da idade da pedra preso à saudade do passado, sem dúvidas e também sem qualquer ambição, apenas com inveja de tudo o que o humilha, o transcende, vaidoso sem orgulho, seguro na sua ignorância quase em todos os campos, político, religioso, social, sexual ou científico, filosófico enfim, no sentido da ausência da mais rudimentar psicologia, para quem a vida não tem qualquer razão, explicação ou sequer consciência de si, para quem viver se reduz ao vegetar diário, sono, comida, sono, cansaço, devassidão, ausência, apatia, espera, sexo e trabalho, café, lavoura, café, conversa, intrigas, dinheiro, pacífica paciência e olhar prisioneiro do nada, homem para quem mesmo o casamento não chegou a ser contacto, não foi mais que contrato, com a mulher da sua classe, fortuna e posição social, que, chegada a hora madura de fazer família, lhe desagradou menos do ponto de vista físico para amante legal e no aspecto moral para governanta, mulher de quem em breve estava desligado, se é que o não esteve sempre a não ser para a ficção dos filhos, porque nunca se preocupou com dar-lhe alguma coisa, ensiná-la no pouco que soubesse, nunca compreendeu que, na tacanha sociedade arcaica em que vivia, a mulher é aquilo que o homem fizer dela, e ele fez dela um corpo apático, favorecendo e completando assim uma educação medieval de três irmãs que, com a morte do pai, ficaram fechadas em casa com a passiva mãe, à espera de que alguém as viesse desenterrar para uma alcova obscura de casados, que totalmente, como era bem que fosse, ignoravam até nos menores pormenores), sim, ao contrário de cada uma das mulheres da casa, Piedade não possui um caso, um problema grave e seu que a preocupe ou persiga dia a dia, a não ser o incidente das claras em castelo, que não teve de facto coragem de bater, sem que contudo nele inteiramente creia, apenas lhe parece que deve sustentar a tradição daquela crença, único elo que a vincula ao seu mundo, pois se lembra de ouvi-la à tia e à avó, não à mãe que a não teve, ou não se recorda tendo-a, e isso lhe dá talvez a súbita sensação de também não estar viva, de a sua vida ser igual a nada, de o seu destino ser simples tábua rasa.

44

Mães de sexta-feira santa; não Estela, a criada de dentro, desapossada do núcleo do seu povo, proletariado miserável, sem força, pois lha tiram pela dispersão, cada um para seu lado, os filhos vagueando ao sabor de potências distantes, destrutoras, invisíveis, infrenes, de patrões, empresários, serviço militar, o pai entregue a uma luta algures noutra província, por um naco de terra que não dá para ganhar mas que serve para ir sempre arrastando a mesma iniquidade, terra de pouco pão e sem mulher, sem água que lhe limpe o suor pela noite, junto ao calor do fogo, quando a mulher está longe como um astro, uma estrela, Estela, mãe sem família servindo outra família, avançando ao longo dos anos pelos quartos da casa que lhe não pertence e que não ama, serve, Estela, mulher sem casa, não mãe autêntica, não como a Mãe, arquétipo, símbolo indomável agora situado aqui em certa vila, sede de concelho de certo distrito do Alentejo, mãe de cinco filhos e da casa velha que tem um ácido cheiro a decadência, a bolachas há muito abandonadas em armários, a compotas azedas e maçãs poentas, doces bolorentos, reposteiros traçados, alcatifas, arcas, corredores imensos e carpetes gastas, quartos abobadados e alcovas baixas, crucifixos, quadros antigos, escuros, sem cor, de molduras sem brilho, esfoladas, talha a desfazer-se como fato que se pendure há décadas ao canto do sótão, por onde ratos passam, deslizam velozmente, alegres e cinzentos e vorazes como vermes, os olhos da espessura de alfinetes perfurando podridão e restos desta sexta-

-feira infinita de trevas; mãe de trevas, de morte, mãe que morres, agora que o sangue te desabitou e desabituou para sempre, levou regras, sinal de paz e génese, cerne, signo menstrual do acordo, contrato com a terra e com as ervas, fértil fecundidade viva e apelo à vida, sangue solene como o fogo da vida, fogo que demorou, baixou e se extinguiu enfim, se fez sentir bem fundo como ausência, caro sangue perdido, amado mais por isso, repetição de ciclos, passado, agora pausa, menopausa, pausa maior que as outras pausas, pausa eterna, morte eterna, eternidade morta, imortalidade sem remédio, silêncio, solidão, assignificado das palavras que, sem fala, inconsciente mas consistentemente, viajam pelo espírito da mãe daquela casa, mãe estéril e mãe velha viajando pela casa, sem marido, sem cio, sem carinho, sem nada, só saudade, sem mais nada, lavando-se de nada, vendo quartos sem nada, trabalhando ainda mas para nada.

NOITE

45

Agora estavam ali, na sala de jantar ainda faustosa, onde outrora soaram, pelas noites dentro, ruídos de cristais, de talheres e de taças geladas de champanhe, de velhas bebidas fortes e amargas, de pratos de porcelana sobre a toalha de renda muito branca, no meio de flores, velas vermelhas e sedas que deslizavam suaves nos gestos demorados, no tempo de quem media a vida pela eternidade, tempo morto e parado na memória-saudade, tempo em que o pai insiste, quando, discreta, sem ninguém dar por isso, se levantou aquela discussão não esperada, fantasma que se ergue, tremendo e inefável, no meio duma antiga casa desabitada; João Carlos a princípio pareceu que não ouvia, porém era impossível, atacavam-no em algo que lhe era muito próprio, justamente a política e as atitudes todas que tomara nesse ano letivo, no dia do estudante, mas não quis replicar às palavras do pai e fez-se humilde, concentrou-se na sopa, olhos baixos (a sopa estava insossa, reparou, como quem nota, sem querer, que o ar está carregado, mesmo que essa constatação não chegue a vir ao campo da consciência, seja apenas um breve aviso inominável), reparou nos desenhos da toalha, na colher mergulhando no caldo encarniçado, de tomate, e foi tirando pequenas quantidades, que engolia alheado; em certo momento, não sabe exato quando, aquilo se tornou insuportável, feria-o profundamente como se não calcula, ou talvez calculassem e por isso o feriam, o sangue subia-lhe em cachão à cabeça, o coração saltava, as pernas contorciam-se, deu um pulo da mesa perante o inimigo e a si mesmo se ouviu pronunciar: se assim é, eu saio, não se discute mais; quase correndo, caminhou em direção à porta, envolto em rumor de vozes, reprovação, gritos de alguém, do pai talvez, monossilábicos: ouve, vem cá, estás a ouvir, não saias; já as escadas iam a ser descidas, a três e três degraus e em delírio, pousava já os pés sobre as lajes da entrada, não entendia os gritos senão como agoiro, aviso, havia cenas semelhantes, ou apenas planos, desejos delas, desde a infância (estavam também à mesa, durante o almoço, ele tinha brigado com André, o irmão mais velho, estavam zangados um com o outro, e o pai disse: então, se querem bater-se como cães, vão lá para fora; João Carlos ergueu-se no mesmo salto de mola de inda agora, sentiu um duro estalar na cara, violento e instantâneo, que o entonteceu completamente e o fez cair na cadeira, dobrado, desprezado reles trapo; fora um murro do pai; e ele, André, sentou-se também mas muito glorioso, sorrindo com a crueldade dos que vencem, superior, falando para o pai e aliando-se a ele, olhando o irmão com indefinível piedade, quase escárnio) e agora, ao bater com estrondo a porta pesadíssima da rua, tirada de uma igreja que na vila houvera (lembrou-se inesperadamente desse facto), não podia voltar atrás, a mãe chegou à janela e deve ter chamado, ele nada, só ouvia os seus passos pela calçada, deserta àquela hora de jantar e varrida do frio que de repente veio, com a noite, como tantas vezes sucede em terras interiores, e nem sentia o frio nem pensava no que fazia agora, que tudo estava feito, foi andando a passos largos em direção ao castelo, subiu a longa encosta com a respiração presa, olhando para trás constantemente, julgando que o seguiam, ninguém o seguiu, a vila morta, a noite fria, onde iria dormir? ao chegar ao castelo ainda ignorava o conteúdo todo do seu ato, olhou embaixo a vila, ah Rastignac, sentou-se na muralha duma torre mais próxima dobrado sobre o peito em virtude do frio, trazia sobre a camisa aquela camisola, fina e leve, nas algibeiras nem dinheiro nem nada, sem documentos nem tabaco, que fazer, ali, só, tarde? voltar para casa, impossível, dinheiro não tinha para fugir, por que razão fugir? o frio começava a entrar-lhe no corpo e a sopa insossa, que nem mesmo acabara, desgostava-o na boca, dava-lhe um sabor ácido metálico, o estômago vazio desde o almoço contraía-se de fome dolorosa, de cansaço; em baixo a vila e ele ali, do alto, entregue à sua liberdade; as férias durariam ainda uma semana, tinha de partir antes para longe, decerto para Lisboa, sim, mas de que modo? a vila além uma tentação ou um apelo; regressar, porém, era ser derrotado, a família estaria certamente exaltada, o pai talvez doente, a mãe chorando, os irmãos insensíveis ou discutindo entre eles, constrangidos por fazerem-no diante da visita, tinha pois de passar a noite nalgum sítio, mas no castelo o frio gelava-o, o vento entrava-lhe na camisola frágil; feito autómato, a passo agora calmo, desceu a encosta pelo outro lado, passou por velhas casas mal iluminadas ou inteiramente escuras, uma janela apenas ou postigo na porta muito baixa, foi até ao Rossio e seguiu pela estrada, caminhou um tempo incontrolável, levava relógio mas com a escuridão não via nada, sabia apenas que, quando saiu de casa, eram quase nove horas, noite fechada, o jantar começara depois das oito e meia, tinha agora de andar, andar até que uma resolução o ocupasse, até que o frio não se sentisse mais, não se sentia já, julgava, com o calor da marcha, de quando em vez cruzavam-no automóveis, camionetas de pesado rodar, bicicletas e motorizadas, ele sentia nas costas e na cara esse peso das luzes, voltava um pouco a cara para que o não reconhecessem, curvadamente avançava, trazia sobre os ombros todo o peso da vila, o tempo caminhava e estava onde? o caminho que seguia não o levava longe, era pela estrada de Évora, mas que ia fazer lá? voltou para trás, viu as luzes da vila aproximarem-se, feroz fatalidade, durante horas ou minutos apenas, de súbito torceu para o cemitério, onde chegou em breve, mas saberia ele quanto tempo passara? viu enfim o relógio à luz dum candeeiro (afinal podia tê-lo olhado sob os faróis dos automóveis), eram dez horas; o tempo ultrapassava-o sem que fora passasse; sentou-se de encontro ao muro branco, cheirava mal a mortos, talvez a dejetos, cansado, a suar, o estômago vazio latejando como peixe sufocado, moribundo e aflito, desgraçado; ia dormir ali? estaria mais seguro na mata do castelo, onde os amantes, dizem, de verão dormem à noite, mas lá estava mais frio, devia procurar os sítios baixos, aqueles onde não há tanto vento, embora haja humidade, uma árvore, uma sebe, um muro, que mais? voltar para casa não, ou só de madrugada, para pegar nas coisas, antes que estivessem levantados, algum dinheiro e a mala, partir no comboio da manhã para Lisboa, ia dormir ali, um torpor invadia-o, o sono conquistara-o, o cansaço, ia dormir e de manhã fugir e libertar-se, assumir uma atitude nova, a única aceitável, para ele, perante a vida, ingressar inteiramente e sem cadeias noutra mentalidade, dedicar-se para sempre a um plano, uma ideia, correr o perigo, aceitar o risco, o anonimato e a clandestinidade, sofrer se necessário, ajudar com seus pulsos a construir o mundo, mundo sonhado com a certeza que transcende a realidade, que sabia infalível, urgente ainda que difícil, ainda que sangrento, mas era o sangue, sim, que o viria sagrar, o sangue ressuscitava, doía, ardia, custava, mas destruía o passado como fogo, e erguia um futuro magnífico a partir da própria destruição, do próprio nada.

46

Enfim a noite existe, a longa fria noite deste dia de trevas e tormentos e lágrimas; quanta coisa a dizer, quanta coisa a calar; as palavras estendem-se pelo papel fatigado, com seu peso de sentidos e de séculos, lentas inúteis iguais à noite, fúnebres como a procissão atroz do Senhor Morto, que irrompe violentamente pelas ruas, agressiva e grave de luzes de velas tremendo e fazendo tremer, numa zona de sombra, os vidros fechados das casas com candeias nas janelas altas, em escalões paralelos pelas praças descendo num cântico cansado, acompanhando o esquife com o olhar boquiaberto do povo mudo atrás; o brilho dos punhais de pura prata no peito da Senhora, os petromaxes verdes archotes sobre as cabeças dobradas dos músicos da banda tocando o compasso triste de qualquer remoto eco de marcha fúnebre, as velhas supersticiosas e beatas, já não podendo andar, benzendo-se nas esquinas e portais, enquanto um vento devastador encurralado vem vindo pelos vales da planície e a procissão percorre seu destino morto e os ricos, compenetrados, sérios burgueses, empunham candeias e matracas e andores e entre si distribuem toda uma ultrapassada hierarquia (de fora, dois não católicos observam e conversam, André e um amigo de ideias largas, que conta como um camarada dele, todas as vezes que a procissão passava, lhe pedia que ajoelhasse para não dar nas vistas, ao que André respondeu e disse: eu sei, amigo, e tu provavelmente ajoelhaste e sentiste por ti um desprezo magnífico e por isso te peço que não ajoelhes desta vez e fiques de pé comigo e o morto não se ofenderá com isso), mas, quando a procissão desaguava no largo do monumento aos mortos da grande guerra, como uma súbita intervenção divina, a iluminação elétrica extinguiu-se simultaneamente em toda a vila, houve um abalo fundo e um terror de desferida faísca, na noite, e ao contrário; sussurros na massa, breves, surdos, aos quais um silêncio de pedra se seguiu; e, nesse silêncio aterrador confrangedor agudo, sentia-se que todos os instintos se alteravam, que todos os medos e ânsias seculares surgiam ao de cima, que todos procuravam um abrigo; enquanto alguns corriam e fugiam, outros ficavam imóveis nos lugares, agarrados às pedras e à terra, feitos casas ou árvores, prisioneiros do pânico antiquíssimo dos deuses; muitos chegavam-se uns aos outros, abraçavam-se, rapazes e raparigas beijavam-se, cheios de desespero e diligência, parecia fim do mundo, procuravam-se coxas, seios, bocas, em breve se elevavam risos, gritos, vozes veladas, roucas de pasmo e miséria rezavam, as crianças choravam, os parentes chamavam-se, ouviu-se a voz de um padre a berrar CALMA, CALMA, as fachadas dos prédios fechados avançavam, as árvores da Praça das Palmeiras agitaram-se no meio do nevoeiro (que só então se viu) descendo do castelo imponente ameado coberto de capotes de névoa de cor parda gemendo sob o peso impossível de andores queimando-se nos pingos das velas que sem razão visível se apagavam gerando sobre a terra envolta no silêncio o mais tremendo caos; ninguém soube, mais tarde, dizer exatamente o tempo que durou essa desordem, espontânea ou provocada, esse tempo de sonho, porque a mente humana, mergulhada nas trevas, não sabe nunca bem imaginar o tempo; agora um grande coro de vozes fêmeas rezava uma ladainha lastimosa e despropositada à Virgem Madre:

Sancta Maria
Sancta Dei Genitrix
Sancta Virgo Virginum
Mater Christi
Mater divinae gratiae
Mater purissima
Mater castissima
Mater inviolata
Mater intemerata
Mater amabilis
Mater admirabilis
Mater boni consilii
Mater Creatoris
Mater Salvatoris
Virgo prudentissima
Virgo veneranda
Virgo praedicanda
Virgo potens
Virgo clemens
Virgo fidelis
Speculum justitiae
Sedes sapientiae
Causa nostrae laetitiae
Vas spirituale
Vas honorabile

Vas insigne devotionis
Rosa mystica
Turris Davidica
Turris eburnea
Domus aurea
Foederis arca
Janua caeli
Stella matutina
Salus infirmorum...

e assim por diante em lento lamento ou antes como quem pela noite dentro canta para afastar o medo, o pânico daquela inesperada visitação da morte, temor de cristãos primeiros nas arenas do circo, pavor apelo triste e só, até aos ossos, de homens das catacumbas, de exilados longínquos em geladas sibérias ou abandonados, magros (percorridos por um suor aflito) barqueiros de volgas e galés; a música da charanga, insegura e insólita, voltou a atacar a sua marcha fúnebre, essa qualquer melodia que parecia servir para ajudar os pés a caminhar, para cercar o coração de lágrimas e angústia e ficção do sagrado, compasso que morreu logo, às suas próprias mãos, porém as vozes frias, firmes, continuaram ainda, por um tempo impreciso; algumas velas voltaram a acender-se, à frente, junto ao pálio, aos andores, ao longo das filas de fiéis, longe dos archotes fumegantes dos músicos, e as faces surtindo, iluminando queixos, dando a tudo um aspecto de mudo lémure, com pescoços e olhos brilhantes, perscrutando; as bocas se tornavam largas, retangulares, cheias de sofrimento e dor, máscaras de tragédia, sem dentes, sem língua, só noite interior e escuridão; os narizes, esses, agudos e sinistros, narinas abertas, bichos bravos, tornavam as faces mais distantes, chupadas, velhas subitamente, duma velhice extrema, decomposta horrível decadência; tetas e testas se sumiam, sombras raiadas de desgraça, as orelhas despegadas da cara tornavam simiescos e brutais os cabelos, bem como os fatos e os corpos, tudo também só noite e noite exata, exarada em ata, definitiva, precisa, compacta, totalitária; aqui além, dispersas, segurando copos de velas derretidas, as mãos eram de cera, cor-de-rosa e claras; vultos atravessavam o largo e a desordem dentro da qual um cão uivou, lá longe, não se sabe bem onde, uma criança gritou, distintamente: Mãe; contemporâneo deste grito foi o surto, tão inesperado ou quase como o anterior eclipse, da luz lá longe, na parte baixa da vila; viu-se um clarão imenso, em relação às trevas dominantes, erguer-se por detrás dos telhados da praça, infiltrar-se na névoa sonolenta, apagar ainda mais, se possível, as velas, como se uma enorme lua cheia viesse despontando; depois apareceu por outras ruas e vielas, iluminou o Rossio e o castelo, até que finalmente, como que meditado, apareceu naquela grande Praça, das Portas do Sol chamada, por ser ali que o sol surge primeiro, quando nasce; todos então se olharam, aliviados e cheios duma espécie de vergonha, como depois de qualquer intimidade que a escuridão permite e a crueza da luz desencoraja, afasta, talvez antes porque o espetáculo desvendado era tétrico e de cabelos desgrenhados, qual se um longo duro ciclone o tivesse atravessado, formavam grupos aflitos, um tanto dissolutos, procurando-se depois da tempestade; houve vozes e gritos, histerismo, palmas e assobios esquisitos, esquecidos todos de que se estava no enterro do Senhor; mas pouca importância tinha nesse instante o Senhor, ante o abalo e o susto que cada um sofrera e pensa que escapou à tormenta e sente o sabor da morte ainda em cima, o soluço de alívio e também de surpresa daqueles que se livram dum infinito túnel; os padres, cujas palavras de ordem eram ORDEM, ORDEM, deram-se pressa em tudo organizar; são hábeis nisso, em ocultar o mal; as fileiras formaram-se, tocou a filarmónica, e com nova energia a procissão seguiu; sim, é um facto, prosseguiu.

47

A noite, eis como ela se instala no coração da história, novamente se instala e parece que tenta aqui ficar para durar, nestes negros anos de solidão fechada, quando crianças chegam moribundas de sono e de cansaço, se deitam em camas comuns de três e quatro, atravessam a ponte martelada das vozes dos que ainda conversam, falam baixo do outro lado do tabique, e elas veem, vislumbram, descobrem entre névoas esse reino real que lhes foi negado, e às vezes choram atentas, fulminadas, presas dum sopro que se escapa, se esvai, e a ira que as invade é a ira dos que a vida tentou meter à parte, tentou matar sem mais, mas estão vivos, merda, e um vivo vale, e quando, uma noite atroz, as pancadas soarem, de velhos de botas e espingardas entrando a pontapés e ordens no seu quarto, quando a cortina de astros por fora da janela for muda testemunha do seu terror e espanto, sua revolta baça, sem ter ninguém que os olhe com muito amor no quarto, ninguém que lhes conceda um despedido olhar, ou um beijo, um abraço, uma pressão no braço ou carícia na cara, um sorriso até desencontrado, antes a sua entrega à força infrene e farta, aos olhos-revólveres frios da noite insustentável queimada por infinito desastre, ácida sem mais nada, apodrecida gasta usada apenas pelos cães, pelos homens-espingardas, homens-máquinas infernais, articuladas máquinas, robôs desenfreados, escravos de vozes negras, distantes e castradas, finas, cortantes, estáticas, férteis em dor e desgraça, no mais em extremo estéreis, sem garganta, sem palavras, falando pelo umbigo, algumas vezes pelo ânus, pela vulva, pelo vácuo, pelo sinuoso sítio deixado pelos testículos outrora autotirados, por tudo o que é monstro e morte e comanda quando a noite puxa os homens pelas garras, os tira do leito frio onde se assassinaram, destruíram e prenderam, deportaram, condenaram, quando a violência é toda a mentira instalada, quando tarde na noite o homem percorre altas esferas, procurando o caminho do voo visionário, o arrepio se sente do abismo tão próximo e desastres e mortos se amontoam na estrada, a miséria alastra nos campos devastados e o vento atrás de si arrasta os zângãos e as casas se afundam por baixo dos telhados, casas baixas se afundam sob telhados baixos e as linhas se tornam mais nítidas e dementes e assim por diante pela noite dentro; o sono chega e tudo invade, tudo devora, deus do caos; as palavras palavram; os discursos são falsos, as vozes se confundem; a face das coisas conserva-se confusa sob o peso dos séculos, as bebedeiras metafísicas dos anjos seculares vão acabar, para que os homens possam enfim ter a coragem do eterno recomeço em cada madrugada, da poesia e do encanto de guardar, no rumor e vertigem dos dias ocupados, um instante de paz e de serenidade, na certeza de que se vai assim perder o autocarro, perder o ano ou um emprego alto, faltar a uma entrevista combinada, faltar talvez ao encontro da sorte, para se não fugir à hora do combate, ao coro de falas próximas do corpo das larvas e lagartas derramadas ao sol difuso da memória dos dias acabados, das noites prolongadas (talvez do velho lupanar da vila, a cuja chaminé se lê, numa cópia borrada, um papel de Bons Conselhos nestes termos, que resumem quase uma sociedade: todas as meninas que trabalham nesta casa devem saber conduzir-se na rua, na família, na sociedade, em todos os sítios onde se encontrarem, não devendo deixar transparecer a vida que fazem; terem o máximo cuidado com o vestuário, com as palavras obscenas e não empregar calões; respeitarem todas as pessoas, para assim serem também respeitadas; não contagiarem outras raparigas com quem possam conviver, contando-lhes a vida que fazem e despertando-as, assim, para o luxo; devem concorrer para o bem e para o aperfeiçoamento, o mais possível; dentro desta casa devem ser todas amigas, boas camaradas, não invejosas umas das outras, não maldizentes; perdoar as faltas umas às outras; as mais inteligentes e mais educadas devem ser as que melhores exemplos devem dar; devem ser tolerantes umas com as outras; cada uma trata da sua vida o melhor que puder e souber, sem prejuízo das outras camaradas; serem retas e justas é testemunho de bons sentimentos; cada uma faça por dar os melhores exemplos possíveis, para assim destacar as suas qualidades morais; terem paciência e carinho para todas as pessoas com quem conviverem; perdoarem sempre as faltas das outras, fruto da ignorância, e a ignorância reclama perdão; também devem ser poupadas, economizando em tudo que possam; devem desenvolver a inteligência, trabalhar o mais possível na cama, aproveitar o tempo enquanto são novas, para não terem uma velhice degradante; alguma que queira ler livros de moral ou católicos, ou mesmo de outras religiões, apesar de não serem os mais aconselháveis, pode inscrever-se no Livro entregue à Governanta, a fim de a Dona da Casa emprestar; alguma que queira aprender a ler e a escrever também deve dirigir-se à Dona da Casa, para que esta veja o que pode fazer; nisto está a regra de bem viver, a sorte, felicidade e abundância, e praticando o bem pode chegar-se a ser grande na vida; todos os sítios e todas as situações são boas para a pessoa se elevar; é preciso uma vontade forte para o bem e para o bom e para o belo, e dissipar os maus hábitos e vícios, e procurar dentro do possível as boas qualidades que estão em vós próprias, é só desenvolvê-las; FICA EXPRESSAMENTE PROIBIDO, dentro desta casa, provocar discussões, fazer barulho, falar dos assuntos particulares de cada uma, responder sem respeito ao pessoal ou a qualquer cliente; TAMBÉM FICA PROIBIDA A LEITURA DE LIVROS IMORAIS, ROMANCES OU NOVELAS OU QUALQUER OUTRA FANTASIA, que possam prejudicar a psicologia e a moral de cada uma; há, todas as semanas, uma hora à quinta-feira, das 16 às 17 horas, e outra à terça, das 21 às 22, pelo altifalante, gravação da Bíblia Católica, e as meninas devem estar com atenção, pelo menos caladas, sem interromper o serviço de cama, mas sem outras conversações; não é obrigatório, mas aconselha-se a ouvir; a Dona desta casa deseja a todas as maiores felicidades e está pronta a ajudar, dentro das suas possibilidades, aquelas que queiram progredir na vida), noite, noite vil, violência sem tempo, silenciosa, solitária, caduca como os deuses, tremenda de lembranças quando o respirar da terra eleva um cheiro amargo e o nevoeiro avança em ondas de voragem, pouco a pouco as tascas vão ficando vazias, fecham de vez às dez ou dez e meia, e com elas o único movimento das ruas e das praças, a procissão já recolheu há muito, os cães se enroscam nos quintais, rosnando ainda a uma sombra, serenando em seguida, com a cabeça assente sobre as patas ou deitados de lado, de encontro à terra quente e húmida que abafa os passos dum bêbado, duma costureira de peito frio e chato, que, dando o braço à mãe ou à vizinha, regressa de rins moídos para casa, falando em vozes baixas, não porque tenham segredos ou cuidados, mas para fingir que os têm e esquecer o susto secular da noite que as arrasa, na sua sugestão de pecado para que não terão jamais coragem nem oportunidade; a noite ocupa tudo e a noite é tudo; a casa túmulo da vida, a noite túmulo da casa; a vila em breve dorme e poucas luzes permanecem acesas; só o castelo a guarda, com as suas três torres, da Má-Hora (quem lá vai não torna), do Anjo e de Menagem; descendo do castelo há ruas vesgas por onde a esta hora gatos malteses passam, ruas desmoronadas, tortas, ruas sem nome, sem data, próprias para a prostituição que é a vida da vila, a noite desta vila e desta idade.

48

Contenta-se a vida, muita vez, em sugerir, apenas, deixando por dizer quase tudo afinal, aquilo que parece passageiro e pequeno e é nem mais nem menos que a chave de um enigma ou até a proposta para novas verdades; assim, esse Samuel do sonho inicial de Arminda, um jovem proletário que trabalha em Lisboa e com quem ela quer casar, contra a vontade dos pais, continuando deste modo a tradição de luta e oposição de classes só visível em situações sociais ultrapassadas, esse Samuel teremos de o conhecer mais tarde, quando se possa falar dele e do que representa como algo natural; o mesmo para a amiga de Arminda, a loura, alegre e um pouco louca Sónia; por que passaram por aqui? porque era necessário sentir-se a sua falta, e isto se consegue apenas através duma presença posta como ausência; talvez que o homem ressuscite no sábado; por que não? só o homem ressuscita em cada dia e o crucificado não é mais que um símbolo muito nítido para a morte e ressurreição do próprio homem; haverá um lugar para os que ressuscitam, como houve aqui lugar para os que morrem; de facto, este é o livro dos mortos, dos mais mortos que os mortos, do pai, que outrora entrou para o curso de agronomia só porque, ao chegar a Lisboa tendo feito o liceu, foi atrás duma corista para o Porto e, quando regressou, apenas a escola de agronomia estava ainda aberta para matrículas; de resto, não passou nunca do primeiro ano; quanto à mãe, nem lhe demos um nome, vamos chamar-lhe Marina, que é palavra clara e lembra o mar, mas os nomes esquecem e, além disso, Marina vive tão metida no passado que nenhum nome para ela é bem real, quando recorda, por exemplo, a sua lua de mel no monte dos Cantares: um corredor de pedra atravessando a todo o comprimento a casa, fresco e sombrio no verão, gelado, húmido, cheio de solitário vento no inverno, portas abrindo de repente para alcovas obscuras e saletas, casa embruxada, encantada, vozes cavas subindo desde o telheiro da malta, em baixo, a sala de jantar de mobília pesada, a casa de banho antiga, com uma fresta de grades para o pátio onde cresciam catos e acácias, o quarto de noivado de janela para a frente, para a rua deserta, larga e nua adiante do monte, descendo lentamente, entre azinheiras desgarradas, até à várzea de arroz, no vale, e prosseguindo, já do outro lado, a caminho dos pinheiros e das searas, a mancha branca dum poço, um grito grave de ave, as sombras das cegonhas caminhando como fantasmas, o cão uivando ao longe, imensa infinitude do Alentejo; assim a mãe, Marina; e os outros, que vieram fazer a este dia? Moisés e Simão, Estela e Piedade? vieram porque são a voz pelas vanguardas pedida emprestada, motor futuro da terra de que falo, estória próxima, tarefa imediata.

49

É tempo de findar; mas não cedo demais, porque a noite afinal é-nos amável, quando a rua da vila é um rio gelado, quando os demos terríveis nos acordam na sombra, quando a planície ao longe soturnamente dorme, quando a lua acontece sem que o luar a sinta, quando o desejo dói, quando o ruído morre, quando há uns passos longe de quem já não caminha, quando uma gargalhada se rompe nas varandas, quando os homens nos deixam e a morte nos revolta, quando já não há quando, nem porquê, nem onde, quando as palavras ainda se nos gravam na testa, as frases dos poetas nos tombam sobre as costas, e um medo passa pelos olhos despertos que se põem à espera do silêncio no silêncio, esse ladrar de cães desde o fundo das trevas até ao nosso leito; como eles uivam, como erguem o focinho húmido escuro e entreabrem a boca mostrando os dentes brancos, como choram num rouco gutural, como lhes fremem as goelas atentas, como as longas orelhas se animam e a pelagem se torna mais luzidia e escusa e intocável, a noite em que mergulham e se confundem mais, como a língua se lhes dobra, afogados no instinto da morte, a quererem avisar-nos de que vem vindo longe a tempestade, vem vindo grande e grassa, tanto que parece já perto e inadiável; e o ruído das folhas trespassadas de vento, semelhando o vibrar de saias seculares que percorrem corredores infindáveis, erráticos, entram em salas abafadas e quartos onde cumprem pacíficas os gestos do amor, colaboram em festas passageiras e breves, parem humildemente e depois tombam, lentamente e sem glória, no frio da imensa treva que se aproxima mansa e as cobre e desfaz e as reduz ao nada, destino, fado, deus, a sorte, para isso foram feitas e é isso que fazem, volteiam belas e monstruosas em redor do nada; a fala fascinante do nada, o tremer das cortinas, o esvoaçar do caos, a enorme serenidade que as embala; vão para a noite larga como escravas, saem como rainhas coroadas; têm na fronte o halo do mistério e a sagração suave da desgraça; repetem na noite os seus incertos passos; é belo falar delas, por isso são as tristes mulheres de sexta-feira santa que perpassam ao longo destas páginas; insisto em que só delas vale a pena falar e da revolta, dos prefácios a cada madrugada; uma palavra mais urgente que alma: proletário, libertário e prodigalidade, todas as palavras em ade, que soam como ar, como água, como alba; é a alba que surge, amiga minha, segredam os amantes; é a alba que se eleva, vê como, leve, ela se eleva, afirmam concentrados os revolucionários; deixaremos as mães e as amadas, agarraremos em bombas e espingardas ao saber que a manhã ia mesmo chegar e que enfim as aves silenciam e de súbito até os cães se calam, os bichos corpulentos e vibráteis de aço dispararão seus tiros-liberdade e só então as armas ficarão sob o vão escuro da escada, o pó virá sobre elas com magnanimidade, os ratos roerão as coronhas e balas, o bolor nascerá nas raízes dos canos e as teias de aranha lhes farão vestidos singulares; uma criança subirá os degraus como animal recente do quintal, fresco, igual à árvore que, em cada primavera, abril ou maio, em cada páscoa, novamente renasce.

50

A árvore ainda, para terminar: ergue-se no quintal da casa, como um templo, um palácio; cresce; os ramos desenvolvem-se para cima, para os lados; depois de grandes, o peso tomba-os um pouco, lentamente, para baixo; floresce; nascem as folhas brilhantes e sedosas, frágeis, puras, informes, filiformes, iguais a raios; criam nervuras que endurecem, tornam-se rudes e pesadas; dão frutos, sementes, sumos, cores, sabores, cheiros, saciedade; as flores abrem, fecham, ficam velhas e instáveis; tombam; movem-se; morrem; caem as folhas; fica a árvore; permanece anos e anos e estações e séculos; dá mais gomos, flores e frutos, sementes, fecundidade; repete-se; e no tronco aparecem fundas rugas, em que se ocultam os gnomos, feiticeiros, visionários, profetas, eternidade; tira-se a seiva; resina; tira-se o casco, clara idade; fica a árvore; cortam flores; enfeitam jarras, usam-nas com velha arte; colhem-se os frutos, e enfim, apodrece a velha árvore; o tronco fende; as folhas caem; ficam os ramos no ar; cortam-se os ramos despidos, o vento arranca as raízes e é então que tomba a árvore.

"A paixão", desenho de
Mário Botas reproduzido na
capa da 12ª edição de *A paixão*,
publicada pela editora
Assírio & Alvim, em 2013.

Coordenação editorial MARTA GARCIA
Assistentes editoriais ANA MARTINI, RAQUEL TOLEDO
Revisão CARLOS A. INADA, ISABEL JORGE CURY
Projeto gráfico PAULO ANDRÉ CHAGAS
Tratamento de imagem WAGNER FERNANDES
Produção gráfica MARIANA TAVARES GERALDO

Esta edição mantém a grafia do texto original português, adaptado ao novo Acordo Ortográfico da Língua Portuguesa, com preferência à grafia lusitana nas situações em que se admite dupla grafia e preservando-se o texto original nos casos omissos.

Esta edição não pode ser comercializada em Portugal.

1.ª reimpressão, 2014

Dados internacionais de catalogação na Publicação (CIP)

Faria, Almeida [1943-]
A paixão: Almeida Faria
São Paulo: Cosac Naify, 2014
224 pp., 1 il.

ISBN 978-85-405-0621-3

1. Romance português I. Título

CDD-869

Índices para catálogo sistemático:
1. Romance português: 869

COSAC NAIFY
rua General Jardim, 770, 2.º andar
01223-010 São Paulo SP
cosacnaify.com.br [11] 3218 1444
atendimento ao professor [11] 3823 6560
professor@cosacnaify.com.br

GOVERNO DE PORTUGAL
SECRETÁRIO DE ESTADO DA CULTURA

Edição apoiada pela Direção-Geral do Livro, dos Arquivos e das Bibliotecas
Secretaria de Estado da Cultura - Portugal

fontes LEITURA, FLAMA
papel ALTA ALVURA 75 g/m²
impressão LOYOLA